I0573483

BEINAHE SCHICKSAL

KYLIE GILMORE

Übersetzt von
ANNA DRAGO

Übersetzt von
KATRIN DOLLE

1

Griffin Huntley wachte mit einer nackten Brünetten in seinem Bett auf.

Er lächelte vor sich hin, während er sich aus dem Bett rollte, und holte seine Akustikgitarre aus deren Hülle neben dem Nachtschränkchen. Es hatte eine Zeit in seinem Leben gegeben, da hätte er keine Ahnung gehabt, wer die Frau in seinem Bett war – damals, als er in seinem Lifestyle gefangen gewesen war. Die Zeit war vorüber.

Er zupfte die Noten, die er beim Aufwachen in seinem Kopf gehört hatte, nur ein Riff aus einer einzelnen Zeile mit den Worten „Sehnsucht nach dir". In Zeiten wie diesen hörte er oft Fragmente, wenn er dabei war, aufzuwachen oder einzuschlafen, und er hatte gelernt, sie festzuhalten, bevor sie wieder verblassten.

„Mmm", schnurrte das eine und einzige „verrückte Ding" in seinem Leben, Christina Olsen.

Er hielt inne, um zu hören, was sie zu dem Anfang seines neuen Songs sagen würde. Sie war frech, brutal ehrlich, konnte einem wirklich in die Eier treten, doch sie hatte von Anfang an an ihn geglaubt. Sie hatte gesagt, dass er in die

Rock 'n Roll Hall of Fame gehörte. Er hatte immer noch die Nachricht, die sie ihm vor vier Jahren geschickt hatte, mit der sie ihn am Kragen gepackt und wachgerüttelt hatte. *Ich möchte deine Seelenmusik hören. Egal, wie lange du brauchst, um deinen Scheiß zusammenzukriegen. Gehört?*

Ihr Vertrauen in ihn berührte ihn tief.

Christina fuhr mit ihrem herben Brooklyn Akzent fort: „Ich will mehr hören." Das war Musik in seinen Ohren – das ultimative Kompliment. Sie sagte „langweilig", wenn er eins seiner älteren Lieder wieder aufwärmte, oder, schlimmer, „bäh", wenn es nichts Besonderes war. Ihre Kommentare hatten ihn nie fehlgeleitet, auch wenn es manchmal hart war, sie zu hören.

Er lächelte sie über seine Schulter an und zupfte noch ein paar weitere Noten. Ihr dunkelbraunes Haar mit seinem kurzen Schnitt stand in alle Richtungen. Sie setzte sich auf und drückte sich an seinen Rücken, ihre Hände glitten über seine Schultern, bevor sie seinen Hals küsste.

„Mach weiter", schnurrte sie.

Er spielte noch mehr. Christina war seine Muse. Ohne sie wäre er nie der internationale Superstar geworden, der er heute war, und er wusste das verdammt gut. Als er ihr zum ersten Mal begegnet war, vor vier Jahren, war das ein Tiefpunkt seines Lebens gewesen. Professionell hatte er einen guten Lauf mit seiner Band, Twisted Star, gehabt, doch sein Privatleben war ein Desaster. Mit Christina hatte sich das alles geändert. Er hatte eine Solokarriere gestartet, seine Band und all seine Mitarbeiter hinter sich gelassen, dass glamouröse Rockstarleben in L.A. aufgegeben, um in die lebhafte Musikszene von Brooklyn zu ziehen und wiederzuentdecken, was in ihm überhaupt die Leidenschaft für die Musik geweckt hatte.

Er schloss die Augen und ließ seine Finger auf den Saiten spielen, während ihr heißer Mund von seinem Hals zu seiner

Schulter wanderte. Das Verlangen baute sich in ihm auf, doch er wartete. Eines hatte er in dem Jahr platonischer Freundschaft, das Christina ihm abverlangt hatte, bevor er sie davon überzeugt hatte, es mit ihm zu riskieren, gelernt – aufgestautes Verlangen konnte seine Musik verbessern. Alles kam in der Musik heraus – Freude, Traurigkeit, Wut, Liebe, Angst, Frustration – solange er offen dafür war. Sie waren nun schon seit drei Jahren zusammen, und er hoffte, Christina war bereit, den nächsten Schritt zu gehen.

Sie küsste wieder hinauf zu seinem Hals und zog mit ihren scharfen Zähnen an seinem Ohrläppchen.

„Chris", warnte er sie.

„Spiel weiter", neckte sie ihn, während ihre Zunge über seine Ohrmuschel strich. Die Frau trieb ihn noch in den Wahnsinn. Er wollte sie genau so sehr, wie er sie das erste Mal hatte haben wollen, als sie zusammengekommen waren. Als wäre sie sein nächster Atemzug.

Er drehte sich um, hielt ihr Kinn und sah ihr in die faszinierend strahlenden blauen Augen. „Dich spiele ich als Nächstes." Ihre Augen verdunkelten sich vor Lust. Ihr Körper war sein Instrument, und er wusste gut, wie man sie von leisem Seufzen bis hin zu Schreien aus voller Kehle spielte.

Er legte seine Gitarre zurück in ihre Hülle, dann gesellte er sich zu ihr ins Bett und setzte sich neben sie. Er sah ihr in die Augen, als er ihre Wange mit einer Hand berührte. „Ich liebe dich."

„Ich liebe dich auch", sagte sie, dann kletterte sie auf seinen Schoß und legte ihre Arme und Beine um ihn. Im Vergleich zu seiner einsdreiundachtzig-Statur war sie zierliche einssechzig, und er liebte es, dass sie so perfekt an ihn passte. Sie begann, seinen Hals zu küssen, dabei zu knabbern und zu kosten.

„Hast du über das nachgedacht, was ich gesagt habe?", fragte er und fuhr mit seinen Händen über ihren Rücken. Sie war nie so wohlwollend, wie wenn sie im Bett waren, deswegen sprach er es jetzt an. Er wollte sie heiraten, sich niederlassen und eine Familie gründen. Sein Geburtstag stand in wenigen Wochen bevor, und je näher er der großen 4-0 kam, desto dringender fühlte er es.

„Nein", sagte sie und küsste immer noch seinen Hals. „Sprich nicht darüber."

„Es ist wichtig. Ich möchte wirklich –"

„Ruinier nicht den Moment", sagte sie, dann drückte sie grob ihre Lippen auf seine und brachte ihn zum Brennen. Er packte ihre Haare, übernahm den Kuss und ließ sich gehen. Zumindest für den Moment.

CHRISTINA WAR VIELES – tough, entschlossen, ernst –, aber sie war nicht dumm. Die meisten Frauen, die sie kannte, wären ganz aus dem Häuschen gewesen, wenn der Rocker, Griffin Huntley, sie gebeten hätte, einen Schritt weiterzugehen – Ehe, Familie, Kinder, das ganze Brimborium. Nicht sie. Es lief gut mit ihnen, und sie wusste, die Ehe würde alles ruinieren. Sie wusste aus erster Hand, wie Griff seine erste Frau, Steph, behandelt hatte, denn seine Ex hatte Christinas süßen jüngeren Bruder geheiratet (wirklich eine verzwickte Situation und eine weitere vollkommen komplizierte Story). Griff hatte Steph jahrelang mit berühmten Schauspielerinnen und Supermodels betrogen – ihre Gesichter und umeinanderge-schlungenen Körper waren in allen Klatschzeitschriften zu sehen gewesen. Wenn man dann noch die Tatsache hinzu-nahm, dass Christinas erster Ehemann sie verlassen hatte, als er seine Geliebte geschwängert hatte, und bang!

Sie zog ein kleines schwarzes Kleid für die Silvester-party an, die sie in der City (Manhattan wurde immer von allen, die hier in der Gegend wohnten, „die City" genannt) im Penthouse eines Freundes feiern wollten, und ging zu dem Ganzkörperspiegel, um nachzusehen, ob alles richtig saß. „Griff, kannst du mir beim Reißverschluss helfen?"

Er tauchte hinter ihr auf und strich mit einer warmen Hand über ihre Wirbelsäule, rief ein elektrisches Kribbeln hervor, ehe er langsam den Reißverschluss zuzog. Im Spiegel sah er ihr in die Augen. Sie würde es nie leid sein, ihn anzusehen. Kurz geschnittenes dunkles Haar mit einigen Strähnen, die in die Höhe standen, umrahmten das wundervollste Gesicht, das sie jemals gesehen hatte, mit seelenvollen, haselnussbraunen Augen, einer geraden Nase mit einer niedlichen Spitze, einem dauernd unrasierten Kiefer und einer vollen Unterlippe.

Er küsste den empfindlichen Punkt an ihrem Hals direkt unter ihrem Ohr und ließ ein heißes Beben durch sie hindurchfahren. „Ich habe etwas für dich."

Sie wandte den Blick ab, fürchtete, er würde sie mit einem Ring bedrängen. Je näher sie seinem Geburtstag kamen, desto mehr drängte er auf eine festere Beziehung. Sie wollte ihn hinhalten, denn sie war sich sicher, dass das bloß eine Midlifecrisis war.

Griff legte eine silberne Kette mit einem Strahlenkranzanhänger, der mit Perlen und goldenen Kügelchen geschmückt war, um ihren Hals. Sie war flippig und modern und stand ihr perfekt.

„Gefällt sie dir?", fragte er.

Sie drehte sich um und warf ihre Arme um seinen Hals. „Ich liebe sie."

Er schlang seine Arme um ihre Taille und umarmte sie. Sie hob ihren Kopf, sah ihm in die haselnussbraunen Augen, und eine elektrische Anziehung summte zwischen ihnen. Er senkte seinen Kopf und drückte langsam seine Lippen auf ihre. Sie erwiderte den Kuss auf ihre übliche, aggressive Weise, die ihn immer auf Touren brachte. Sein Mund wurde hungrig, verschlang sie, und sie spürte, wie ihr Körper sich auf mehr vorbereitete, als er ihren Hintern packte und sie fest an sich zog.

Sie riss ihren Mund los. „Vielleicht sollten wir die Party schwänzen."

Griff streichelte ihren Hals, über ihr entblößtes Schlüsselbein. „Ich habe Rob versprochen, ich würde heute Abend ein paar Lieder spielen." Rob Hillman war der Gastgeber der Party und Star des Films *Hacker*. Auf der Party würden lauter Promis rumlaufen — Schauspieler, Musiker, Profisportler. „Außerdem, Ellie von *Savage Release* wird für einen Exklusivbericht ebenfalls da sein."

Sie versteifte sich. *Savage Release* war das online Musikmagazin, dass das jüngere Publikum ansprach, das Griff brauchte, um seine Karriere am Leben zu halten. Das war nicht das Problem. Das Problem war, als seine Managerin hatte sie das Interview bereits für nächste Woche angesetzt, und Griff hatte auch nicht mit einem Wort angedeutet, dass er das Meeting verlegt hatte.

„Bist du wütend, Babe?", fragte Griff und schob ihr die Haare zurück über das Ohr.

„Ich bin nur überrascht, dass du das ohne mich arrangiert hast." Sie kümmerte sich um alle Geschäftsangelegenheiten für ihn, damit er sich auf seine Musik konzentrieren konnte. Bis vor kurzem hatte sie sich auch noch um sein Geld gekümmert, obwohl sie diese Aufgabe allmählich einem Finanzberater übertrug, den sie engagiert hatte.

„Ich dachte, es wäre gut für Ellie, mich in zwangloser Umgebung zu sehen. Du weißt schon, um einen persönlicheren Blick auf mein Leben zu bekommen. Anstatt in irgendeinem Restaurant das übliche Frage-und-Antwort-Spiel zu spielen."

„Ist in Ordnung", sagte sie und zwang sich, ausgeglichen zu klingen. Sie wollte ihm den Abend nicht verderben.

Er sah erleichtert aus. Das war typisch für Griff. Was viele nicht bemerkten, weil er so eine selbstbewusste Rockerausstrahlung hatte – er hatte auch eine sensible Seele. Das war es, was seine Musik so großartig machte, doch auch ihn empfindsam für die kleinste Veränderung in ihrem Tonfall oder ihrer Stimmung. Sie war kein bisschen sensibel, aber sie war mitfühlend. Das war der Grund, weswegen sie Krankenschwester in der Onkologie geworden war, obwohl sie diesen furchteinflößenden Job nur allzu gern vor drei Jahren hinter sich gelassen hatte, um Vollzeit als Griffs Managerin zu arbeiten. Jedenfalls versuchte sie, schonend mit seinen Gefühlen umzugehen, wenn sie das konnte.

Er gab ihr einen schnellen Kuss. „Wie sehe ich aus? Habe ich mich gut herausgeputzt?"

Sie betrachtete sein dunkelblaues Hemd und die graue Anzughose, ein ungewöhnliches Outfit für den Mann, der T-Shirts und Jeans bevorzugte. Die langen Ärmel verbargen seine Tätowierungen. Den Namen seiner Exfrau hatte er gegen ein Spiralmotiv eingetauscht. Er hatte ihren Namen hinzufügen wollen, doch Christina hatte kein dauerhafter Schmuck werden wollen.

„Nicht schlecht", neckte sie ihn.

„Nicht schlecht", knurrte er, dann kniff er ihr in den Hintern. Sie kreischte und schlug seinen Arm beiseite.

Er schenkte ihr ein kleines Lächeln. „Bereit für den Irrsinn?" Er meinte damit, ob sie bereit war, sich der Menge zu stellen, die sich ständig vor ihrem Ziegelsteingebäude versammelte. Seine Fans blieben ihm immer dicht auf den Fersen.

Sie nickte, zog ihre Pumps an, und sie gingen hinunter. Sie gab den Sicherheitscode an der Haustür ein, um die Alarmanlage auszustellen, während Griff ihre Mäntel holte und dann an seinen Platz eilte, sich mental vorbereitete. Er hatte keinen Bodyguard, doch sie hatte auf der Alarmanlage bestanden, als sie eines Nachts um 3:00 Uhr morgens aufgewacht waren und eine nackte junge Frau in ihrem Schlafzimmer stand und Griff beim Schlafen zusah. So-o-o gruselig.

Er half ihr in ihren langen weißen Wollmantel und zog dann seine für ihn typische schwarze Lederjacke an und setzte eine graue Häkelmütze auf.

„Fertig", sagte er grinsend. Er liebte das Rampenlicht.

Sie streichelte seinen rauen Kiefer. „Los!"

Griff ging als erster hinaus, schirmte sie mit seinem Körper vor den Paparazzi ab. Die Menge – hauptsächlich Frauen–, die sich um ihre wartende Limousine versammelt hatte, fing an, wie wild zu kreischen.

„Da ist er!"

„Das ist Griffin Huntley!""

„Griffin! Hierher! Hierher!"

„Ich liebe dich, Griffin!"

Sie schloss die Tür hinter sich und gab ungesehen den Code ein. Griff lächelte und machte eine Geste, mit der er alle faszinierte. Er blieb stehen, um ein paar Autogramme zu geben, während sie in die Limousine stieg. Einige Paparazzi in der Nähe machten Fotos, während Griff die ganze Zeit über lächelte. Ein paar Minuten später schenkte er ihnen sein übliches, entschuldigendes Lächeln, mit dem er sich verabschiedete, und gesellte sich zu ihr in die Limousine.

Sie fuhren los in Richtung City. Griff legte seine Arme über die Rückenlehne der Limousine und eine Hand auf ihre Schulter. „Nicht so viele, wie ich gedacht hatte", sagte er.

„Es ist Silvester", erwiderte sie. „Ich bin mir sicher, die meisten sind auf irgendwelchen Feiern. Und da draußen herrschen Minustemperaturen."

Er nickte. Er lebte so sehr für die Fans wie sie für ihn. Wenn es keine große Menschenansammlung gab, machte er sich Sorgen, dass er in Vergessenheit geriet. Sie wusste, es war gut, dass er die Öffentlichkeit so mochte, doch gleichzeitig stieg sie ihm manchmal zu Kopf. Ihre Aufgabe war es, ihn hin und wieder zurück auf die Erde zu holen. Größtenteils mochte sie den Ruhm. Schließlich hatte sie dabei geholfen, ihn aufzubauen.

Als sie auf der Party ankamen, wurde Griff gleich von einem Kreis Bewunderer umrundet, und Christina machte sich auf die Suche nach einem Drink. Allein sein Charisma hätte ihm sämtliche Aufmerksamkeit gesichert, doch sein Ruhm war nach seiner diesjährigen Welttournee und dem alle Rekorde brechenden Album zu neuen Höhen aufgestiegen. Selbst andere Promis sahen ihn bewundernd an. Das war alles, was sie sich für ihn erträumt hatte, und immer, wenn es schwer für sie war, ihn zu teilen, erinnerte sie sich daran.

Sie schnappte sich ein Glas Champagner von einem Kellner in Livree, der zwischen den Gästen umherging, begrüßte ein paar Leute, die sie kannte, und kämpfte sich zurück zu Griff. Er lächelte und plauderte gerade mit zwei schönen blonden Schauspielerinnen, als sein Blick auf ihr landete und sein Gesicht mit einem echten Lächeln, bei dem sie sich immer besser fühlte, sich erhellte.

Er zog sie an seine Seite. „Das hier ist meine Managerin und Freundin, Christina", sagte er und stellte ihr die beiden jungen Frauen vor, wie er es immer tat. Manchmal warf er noch so etwas ein wie „die mich an den Eiern packt" oder „Muse", abhängig von seiner Stimmung, aber immer in zärtlichem Ton. Nicht, dass irgendeiner seiner Bewunderer sich für sie interessierte.

„Schön, Sie kennenzulernen", sagte sie.

Von der einen Schauspielerin bekam sie ein freundliches Hallo, die andere verzog nur die Lippen. Mehr Leute drängten sich vor und versuchten, ein Stück von ihm zu bekommen. Ein Wort, ein Nicken, ein Autogramm, manche verrückten Fans wollten eine Locke seines Haares, was sie nicht erlaubte, diese Spinner. Und dann drängte sich die junge Reporterin vom *Savage Release*, Ellie, vor, umarmte sie beide und tat so, als wären sie beste Freunde, obwohl sie sich zum ersten Mal sahen. Sie hatte orangefarbene Haare und einen Nasenring, was in merkwürdigem Kontrast zu ihrem beinahe konservativen langärmeligen marineblauen Kleid mit gekräuselter Naht stand. Christina war gleich misstrauisch. Manche von den glatteren Reportern waren so, taten super-freundlich, damit die Stars unvorsichtig wurden und ihnen dann private Geständnisse machten, die bald darauf in den Schlagzeilen landeten.

Nachdem sie ein paar Minuten über das Wetter und Griffs neuestes Album geplaudert hatten, verkündete Griff, dass er jetzt spielen würde. Er legte seine Gitarre auf ein weinrotes Samtsofa im Wohnzimmer, und alle versammelten sich, um zuzuhören. Sie trank ihren Champagner zu Ende, stellte das Glas auf ein Tablett in der Nähe und sich rechts daneben, wo er wusste, dass er immer dort nach ihr sehen musste.

Er zupfte ein paar Noten, stimmte seine Gitarre, und im Raum wurde es still.

Er begann immer mit dem Lied, das sein Durchbruch gewesen war, „Crazy Thing", das Lied, das auf ihr basierte. Er hatte sie mal für verrückt gehalten, als sie für ihren Bruder gekämpft hatte, damit Griff sich von seiner ersten Frau scheiden ließ (nur, damit ihr Bruder sie heiraten konnte). Er fuhr fort mit ein paar neueren seiner Rocklieder und endete mit einer Ballade über die Liebe, die sie schon viele, viele Male gehört hatte, und die tief in ihre Seele drangen. Er hatte sie nicht über eine Frau, sondern seine Leidenschaft für die Musik geschrieben. Ein weiterer Grund, weswegen sie wusste, dass sie ihn besser nicht heiraten sollte – in seinem Herzen würde sie immer nur den zweiten Platz einnehmen. Sie war viel zu praktisch veranlagt, um sich auch nur eine Minute Gedanken darüber zu machen. Sie kannte ihren Platz, und was sie hatten, funktionierte ganz gut.

Doch als er dieses Mal die letzte Note spielte, sah er sie geradewegs an und sagte leise: „Dieses Lied widme ich Chris-tina, der Liebe meines Lebens." Sie erschrak. Griff hatte sie noch nie die Liebe seines Lebens genannt. Sie wusste, diese Ehre gebührte der Musik.

Der Raum explodierte in Applaus und Pfiffen.

Sie sahen einander in die Augen. Und dann legte er die Gitarre hin, ging zu ihr und auf ein Knie hinab.

Entsetzt erstarrte sie. Was machte er denn? War das nur für seine Publicity? Hatte er deswegen die Reporterin von *Savage Release* hier haben wollen?

Und dann fragte er sie vor einem ganzen Raum voller Leute, die sie kaum kannte: „Wirst du mich heiraten?"

2

Christina kämpfte gegen die Tränen an. Nie zuvor hatte Griff sie für seine Publicity missbraucht. Sie hatte mitbekommen, wie er versucht hatte, mit dieser Art teuflischer Taktik die Hand seiner Exfrau zu erzwingen, doch sie hatte gedacht, dass sie ihm mehr bedeutete.

Die Leute starrten sie an, und im Raum breitete sich gespannte Stille aus, während sie auf ihre Antwort warteten.

Griff schenkte ihr sein charmantes Lächeln. „Und?" Er hob seine Handflächen und machte der Menge ein Zeichen, sich ihm anzuschließen, ihn anzufeuern. Als wäre das alles ein Spiel. Einige Pfiffe waren zu hören. Die Leute begannen zu rufen: „Sag ja, sag ja, sag ja!" Idioten.

Die Reporterin machte Bilder. Das hier war ein Albtraum. Sie weigerte sich, bei seinem kleinen Publicitytrick mitzuspielen. Wie konnte er es wagen, sie so auszunutzen! Sie bewegte den Kopf und stand kurz davor, ihm an die Gurgel zu gehen, als er aufsprang und seine Arme um sie legte.

Die Menge brach in Applaus aus. Vermutlich meinten sie, die Umarmung war ein Einverständnis ihrerseits. „Wie konntest du?", zischte sie in sein Ohr.

Aus dem Augenwinkel sah sie sein Lächeln, was sie nur

wütender machte. Er machte eine Show. Sie versuchte, sich von ihm zu lösen, doch er hob sie auf seine Arme und trug sie geradewegs zur Tür hinaus.

„Lass mich runter", sagte sie zwischen ihren Zähnen hindurch, als sie allein im Flur waren.

„Sei nicht wütend", sagte er. „Ich liebe dich." Er sah sie mit seinem seelenvollen Welpenblick an.

„Lass mich runter, bevor ich anfange zu schreien, was mit Sicherheit Ellie herlocken und für reichlich Fotos für die Klatschzeitschriften sorgen wird."

Er ließ sie runter. „War das, weil ich keinen Ring hatte?" Er schlug sich vor die Stirn. „Ich habe den Antrag vermasselt. Ich hätte einen Ring haben sollen. Wir suchen morgen einen aus."

Sie zwang sich, tief ein- und auszuatmen. „Wir haben doch darüber gesprochen. Es läuft so gut mit uns. Ruinier das nicht mit einer Ehe."

Er nahm ihre Wange mit einer großen Hand, und heiße Tränen stachen in ihren Augen. „Komm schon, ich ruiniere es doch nicht. Eine Hochzeit wäre ein Neuanfang für uns. Babe, ich bin bereit. *Wirklich* bereit. Ich möchte eine Familie mit dir."

Die Sehnsucht schoss blitzartig durch sie hindurch. Sie hatte immer Kinder gewollt. Sie war verrückt nach ihrem zweijährigen Neffen, Michael. Doch sie machte sich nicht vor, dass Griff jemals wirklich ein Familienmensch sein würde. Er würde sich langweilen, und dann würde sie zu Hause mit den Kindern festsitzen, während er mit einem Haufen Groupies, die sich ihm an den Hals warfen, auf Tour war. Er würde fremdgehen, wie er das bei seiner ersten Frau getan hatte, und das würde sie ihm niemals verzeihen.

Sie löste sich von ihm. „Das sind nicht wir. Unser Leben ist die Musik, das Reisen, die Fans, die Presse, was großartig ist, aber das ist kein Familienleben."

„Wir können das hinbekommen", sagte er mit so viel Ernst, dass sie es einen Moment lang beinahe geglaubt hätte.

Doch dann öffnete sich die Tür und eine seiner Bewunderinnen, die junge blonde Schauspielerin mit dem Schmollmund, kam heraus. „Hey, Griffin", schnurrte sie. „Wir wollen eine Zugabe von dir." Sie packte seine Hand und zog ihn wieder hinein.

Er lächelte Christina entschuldigend über seine Schulter an. Das war dasselbe Lächeln, das er seinen Fans schenkte, wenn er wegmusste.

Und das war genau der Grund, weswegen Griffin Huntley sich niemals niederlassen und ein Familienmensch sein würde. Er stand einfach zu sehr auf das Rampenlicht. Danach sehnte er sich mehr als er sich jemals nach der irdischen Routine sehnen würde, eine Frau und Kinder zu haben. Christina hatte das Richtige getan, als sie ihn abgewiesen hatte.

～

GRIFFIN ZOG Christina auf der Rückfahrt in der Limousine auf seinen Schoß und schmiegte sich an ihren Hals. „Bist du noch wütend auf mich?"

„Ja."

„Über welchen Teil bist du wütend?"

Sie sah ihm in die Augen, und selbst im schwachen Licht der Straßenlaternen konnte er sehen, wie angespannt ihr Kiefer war. Sie war schon wirklich eine harte Nuss. „Über jeden."

„Könntest du etwas genauer sein? Ich muss schon wissen, wofür ich mich entschuldige." Er strich ihr die Haare aus dem Gesicht. „War es, weil ich keinen Ring hatte?"

Sie stieß einen Atem aus. „Mir liegt nichts an einem Ring. Du hast mich für deine Publicity missbraucht."

„Ich möchte nur, dass die Welt weiß, wie viel du mir

bedeutest." Das wollte er wirklich, und wenn das hieß, dass Ellie dafür eine Exklusivstory bekam, war ihm das nur recht. Seine jungen Fans würden ihn auch als Familienmenschen mögen. Er wollte das so sehr. Er hatte keine Familie. Seine Mom war vor ein paar Jahren gestorben, er war Einzelkind, und sein Dad, ebenfalls Musiker, war schon immer ein Herumtreiber gewesen. Das letzte Mal, dass er von ihm gehört hatte, war zehn Jahre her, als Griffin sein erstes Album herausgebracht hatte. „Ist das alles? Ich kann dir stattdessen auch zu Hause einen Antrag machen."

Sie rutschte von seinem Schoß. „Griff, wir haben doch darüber gesprochen."

Allmählich bekam er ein wirklich ungutes Gefühl in der Magengegend. „Können Sie bitte das Glas hochfahren?", rief er dem Fahrer zu, der die Trennscheibe hochfahren ließ, die den vorderen vom hinteren Bereich der Limousine trennte.

Christinas Mund formte eine flache Linie. Ein weiteres wirklich schlechtes Zeichen. „Ich möchte dich nicht heiraten."

Er nahm ihre Hand und küsste ihre Knöchel. „Warum nicht? Wir lieben einander doch."

Sie schüttelte den Kopf. „Ich glaube, wir sind dafür nicht gemacht. Außerdem sind wir jetzt doch glücklich. Warum das ruinieren?"

„Ich weiß, ich habe meine erste Ehe vermasselt, aber jetzt bin ich älter und weiser. Ich mache es besser, das verspreche ich. Ich werde dich nicht betrügen."

Christina schwieg.

„Seitdem wir ein Paar sind, war ich mit niemandem zusammen. Selbst, als wir ein Jahr lang nur befreundet waren. Du weißt, dass das so ist." Und der Grund war kein Mangel an Gelegenheiten gewesen. Die Frauen rückten ihm immer noch regelmäßig auf den Pelz. Das gehörte zum Rockstar-Image einfach dazu. Doch Christina war wirklich alles, was er wollte oder brauchte.

Sie seufzte. „Ich glaube dir ja, es ist nur …"

Ich vertraue dir nicht. Er konnte die Worte geradezu hören, die sie nicht laut aussprach. Er wusste, seiner ersten Frau gegenüber war er ein absolutes Arschloch gewesen, hatte sie betrogen und damit auch noch vor der Presse geprotzt, doch der Typ war er nicht mehr. Er konnte das besser.

Sie sah so verloren aus, dass ihm die Brust schmerzte. Er drückte ihre Hand ein wenig. „Kannst du es mit mir riskieren? Mit uns?"

Sie schüttelte den Kopf. „So einfach ist das nicht."

„Ich möchte etwas hinterlassen. Was ist denn der Sinn von all diesem Geld, dem Ruhm und dem Talent, wenn ich niemanden habe, dem ich es vererben kann?"

Mit ihren strahlend blauen Augen sah sie ihn an. „Deine Musik ist deine Hinterlassenschaft. Dafür brauchst du mich nicht als deine Babyfabrik."

„Babyfabrik! Nein. Unser Kind würde aus Liebe geboren."

„Und wann würdest du unser Kind sehen?"

„Ihr könntet mit mir reisen."

„So erzieht man keine Familie. Auf der Straße."

„Dann höre ich eben auf mit den Tourneen. Ich gehe in Ruhestand."

„Nein! Du wirst nicht alles, wofür du so hart gearbeitet hast, nur für irgendein Fantasieleben aufgeben. Ich weigere mich, der Grund zu sein, weswegen Griffin Huntleys Leben den Bach runterging."

„Verdammt, Chris. Ich liebe dich. Bedeutet dir das denn nichts?"

Ihre blauen Augen blitzten ihn an. „Es bedeutet mir alles. Und auch deine Musik. Ich möchte auf jedem Schritt deines Weges dabei sein. Wir brauchen kein Stück Papier, um das zu haben."

Er verzog das Gesicht. Er konnte es nicht fassen, dass das eine Mal, dass er endlich bereit war, sich mit einer Frau niederzulassen, sie ihn nicht haben wollte. Sie liebte ihn. Warum wies sie ihn dann ständig zurück? Er hatte ihr doch gesagt, dass er es dieses Mal besser machen würde. Er holte sein Handy hervor. Auf der Website des *Savage Release* waren bereits ein Artikel und ein Foto seines Antrags zu sehen. Sein Antrag war in den Social Media wahnsinnig beliebt. Die Fans fragten sich, ob die Gerüchte stimmten, dass sie ja gesagt hatte. Er ging auf seinen Twitter-Account und bestätigte, dass er Christina heiraten würde.

Er hielt ihr den Bildschirm entgegen. „Ich habe den Fans gerade gesagt, dass die Gerüchte über unsere Hochzeit stimmen. Jetzt musst du mich heiraten."

„Ich glaube, wir sollten uns eine Weile nicht sehen", sagte sie leise.

Einen Moment lang konnte er nicht atmen. Seine Brust zog sich zusammen, und er befürchtete schon, er hätte einen Herzinfarkt. „Nein", brachte er hervor. Seit drei Jahren waren sie nun schon unzertrennlich – zu Hause und auf der Straße. Sie hatte nie getrennt sein wollen von ihm, und auch er hatte das nicht gewollt.

Doch er kippte nicht um, denn er hörte auch den nächsten Teil, den sie laut und deutlich sagte.

„Ich brauche etwas Zeit, um über uns nachzudenken", sagte sie. „Und du brauchst das auch."

„Ich muss nicht nachdenken!", rief er.

Sie klopfte an die Trennscheibe. Als sie herunterfuhr, sagte sie dem Fahrer: „Lassen Sie mich hier raus."

„Tu das nicht", sagte er. Christina lief nie vor einer Auseinandersetzung davon. Sie stellte sich ihnen immer. Er wusste, was das bedeutete – sie ließ ihn fallen. Er durfte sie nicht verlieren. „Bitte."

„Ich muss das tun."

Und dann verließ sie ihn mitten in der Stadt. Es war das Verrückteste, Schlimmste, was sie ihm jemals passiert war – nach einem Antrag in einer Nacht verlassen zu werden. Einen Moment lang saß er da und stand unter Schock, war sich unsicher, was er tun sollte. Er hatte niemanden, zu dem er gehen konnte, keine Familie, keine Freunde, denen er die Trauer, die ihn übermannte, anvertrauen konnte. Doch er konnte auch nicht nach Hause fahren. Ihr Duft war in den Laken, ihre Kleidung im Schrank, ihre Zahnbürste neben seiner im Becher. Seine Brust schmerzte. Alles würde ihn daran erinnern, dass sie fort war.

„Können Sie ein paar Stunden lang einfach durch die Stadt fahren?", fragte er den Fahrer.

„Ja, Sir."

Er sank zurück auf seinen Platz und legte einen Arm über die Augen, um die stechenden Tränen zu verbergen. Nachdem er eine Stunde lang geschluchzt hatte, schaute er auf sein Handy, um nachzusehen, was Christina online über ihn gesagt hatte. Vielleicht hatte sie allen erzählt, dass sie seinen Antrag abgelehnt hatte. Er überflog die üblichen Nachrichtensender und ging dann zu den Musiksendern. Nichts von Christina, doch ein kleiner Artikel fiel ihm ins Auge. Ron Colton, Gitarrist bei den White Lions, tot im Alter von fünfundsechzig.

Er schluckte kräftig. Das war sein Dad.

CHRISTINA FUHR zum Haus ihrer Eltern in Brooklyn, ihrem üblichen Rückzugsort, wenn sie sich die Wunden lecken musste. Sie hatte einen Schlüssel und schloss sich selbst auf, schlich sich leise nach oben und ging in ihr altes Zimmer.

„Christina Marie!", rief ihre Mom. „Bist du das?"

Christina erstarrte. Sie hatte gedacht, dass sie so leise gewesen war. „Ja, ich bin es, Ma!"

„Wir unterhalten uns morgen früh", sagte ihre Mom. Sie wusste, Christina kam nach Hause, wenn sie Trost brauchte. Nach ihrer Scheidung hatte sie eine ganze Menge Zeit zu Hause verbracht.

„Okay!" Sie ging zu ihrem alten Doppelbett mit der rosafarbenen Patchworktagesdecke und ließ sich darauf fallen. Doch sie konnte nicht schlafen. Nach einer halben Stunde, in der sie sich unruhig hin- und hergeworfen hatte, nahm sie sich leise frische Laken aus dem Wäscheschrank und machte ihr Bett. Dann zog sie ihr Kleid aus und rutschte unter die Decke.

Sie konnte immer noch nicht schlafen. Sie vermisste Griffs Hitze. Sie war es gewohnt, an ihn geschmiegt Haut an Haut zu schlafen. Heiße Tränen brannten in ihren Augen. Sie war mehr als erschöpft. Was sollte sie bloß mit Griff tun? Immer wieder drängte er sie zu etwas, von dem sie wusste, dass es einfach nur alles ruinieren würde.

Seit sie Thanksgiving bei ihrem Bruder und ihrer Schwägerin verbracht hatten, war er auf diesem Trip. Sie verstand es ja. Er hatte ihre glückliche kleine Familie gesehen und gemeint, es wäre cool, so etwas auch für sich zu haben. Doch dafür waren sie einfach nicht gemacht. Aus ihrer Ehe schleppte sie einfach zu viel Ballast mit sich herum, und, ganz ehrlich, sie vertraute ihm nicht. Er würde bei allem, was ihm heilig war, schwören, dass er treu sein würde, doch sie wusste, dass die Versuchungen unterwegs für ihn zu groß wären, um ihnen zu widerstehen. Das war die negative Seite daran, wenn man sich in einen international berühmten Rockstar verliebte – man konnte einfach kein normales Leben führen.

Nun fielen die Tränen wirklich. Sie weinte, bis sie nichts mehr hatte, und endlich schlief sie erschöpft ein. Als sie neben der leeren Bettseite aufwachte, dämmerte es ihr, dass ihr an einem normalen Leben nichts lag, sie wollte einfach nur ihn.

„Was ist passiert?", fragte ihre Mom, als sie nach unten in die Küche kam. Sie stellte einen Teller mit Rührei, Bacon und Toast vor Christina. Und dann noch eine Tasse Kaffee, die zur Hälfte aus Kaffeesahne bestand, ohne Zucker. Ihre italienische Mom wusste immer, wie man sie füttern musste.

„Nichts", sagte sie und nahm einen stärkenden Schluck Kaffee. „Nur ein kleiner Streit."

„Hat er dich betrogen?", fragte ihre Mom und verengte ihre blaugrünen Augen. „Männer machen so etwas. Sie streunen. Dein Vater natürlich nicht. Der Mann ist immer noch heiß auf mich." Sie tätschelte ihren schwarz gefärbten kurzen Bob. „Was soll man da tun?"

Christina verzog das Gesicht. „Ma, bitte. So genau wollte ich es gar nicht wissen."

„Hat er sich wie eine treulose, niederträchtige Ratte benommen?"

„Nein." Sie nippte an ihrem Kaffee.

„Wo ist dann das Problem?", fragte ihre Mom und setzte sich mit ihrem eigenen Kaffee an den Tisch.

Christina hatte nicht vor, ihrer Mom zu erzählen, dass Griff ihr einen Antrag gemacht hatte. Dann würde sie sich nur freuen. Ihre Mom hegte immer noch die Hoffnung auf weitere Enkelkinder. Stattdessen biss sie einmal in ihren Toast.

„Ich habe gehört, er hat dir einen Antrag gemacht", sagte ihre Mom beiläufig.

Sie verschluckte sich an ihrem Toast. „Woher weißt du das?"

„Dein Bruder hat mir den Googly Alert gesetzt, damit ich weiß, wo du bist." Sie lächelte stolz. Ihre Mom hatte erst seit kurzem einen Computer. Christina sandte ihrem Bruder im Stillen eine Todesbotschaft dafür, dass er ihre Mom mit dem Internet vertraut gemacht hatte.

„Google Alerts", murmelte Christina.

Ihre Mom ignorierte das. „Ich habe dein überraschtes Gesicht gesehen. Ich schätze, es war keine freudige Überraschung?"

Sie seufzte. „Du kennst doch Griff. Er gehört zu seinen Fans. Nicht zu mir."

„Ach was. Ich weiß nicht. Jedes Mal, wenn ich ein Bild

von ihm sehe, hat er nur Augen für dich. Und an Thanksgiving hat er viel Zeit mit unserem kleinen Michael verbracht." Fragend hob sie eine Braue.

„Ein Neffe ist eine Sache. Eigene Kinder etwas ganz anderes." Sie schob die Eier auf ihrem Teller herum. „Das sind nicht wir."

„Kinder werden überbewertet", verkündete ihre Mom und gestikulierte wild. „Sie nehmen und nehmen und nehmen, und dann verlassen sie einen!"

„Ma, wir kommen doch zu Besuch." Sie und ihr Bruder, Dave, lebten beide in der Nähe. Sie war immer noch in Brooklyn, und Dave und seine Familie waren anderthalb Stunden entfernt im Vorort von Clover Park, Connecticut. Die Frau wusste, wie man jemandem ein schlechtes Gewissen machen konnte.

Ihre Mom wedelte das mit der Hand beiseite. „Was macht es mir schon, wenn ich von dir niemals ein Enkelkind bekomme? Klar, du bist schon sechsunddreißig Jahre alt, aber macht mir das etwas? Nein, tut es nicht. Deine Tante Helen natürlich, die spricht von nichts anderem. Ihre kleinen Sammi, Joey und Charlie. Pfft. Nur ein Haufen Arbeit, wenn du mich fragst."

„Du kannst mich nicht über ein schlechtes Gewissen dazu bringen, dir Enkelkinder zu schenken."

Ihre Mom nahm ihre Hand und drückte sie. „Aber du willst doch Kinder."

Sie blinzelte Tränen beiseite und nickte.

„Und Griffin nicht?", fragte ihre Mom vorsichtig.

„Doch, will er schon, aber … Ich weiß einfach nicht, wie das funktionieren sollte. Die meiste Zeit des Jahres ist er unterwegs. Kinder brauchen doch Stabilität. Man kann sie nicht einfach entwurzeln und sie in diesen Lifestyle mit hineinnehmen."

Ihre Mom hob ihre dunklen Brauen. „Was für einen Lifestyle?" Sie beugte sich vor und senkte ihre Stimme. „Nimmt er Marihuana?"

Beinahe hätte sie gelacht. Das war vermutlich die einzige Droge, von der ihre Mom überhaupt etwas wusste.

„Oder Kokain?", fügte ihre Mom hinzu. „Ich habe gehört, das ist ganz groß bei Rockstars."

Sie schüttelte den Kopf. „Du weißt, so ist er nicht." Sie war froh, dass Griff nie die Drogenroute eingeschlagen hatte, vermutlich, weil er erst in den Dreißigern groß rausgekommen war, als sein Kopf bereits geradegerückt war.

„Weißt du, was ich denke?", fragte ihre Mom.

„Ich bin mir sicher, du wirst es mir sagen", erwiderte sie trocken.

„Ich glaube, du hast Angst. Du lässt zu, dass die Vergangenheit deine Zukunft diktiert. Was soll es schon, dass Anthony seine Empfangsdame geschwängert hat? Alte Geschichte."

Christina verzog das Gesicht. Das war ihr Ex.

Ihre Mom beugte sich vor. „Wie ich höre, lassen sie sich scheiden. Geschieht ihm recht. Du warst zu gut für ihn." Ihre Mom nahm einen Schluck Kaffee und musterte sie über den Rand ihres Bechers. „Steph ist wieder schwanger." Das war ihre Schwägerin.

„Oh, gut", sagte Christina, und die Worte kamen kaum an dem Kloß in ihrer Kehle vorbei. Sie nahm einen Schluck Kaffee. „Gut für sie. Freut mich, das zu hören."

Ihre Mom nahm Christinas Hand und drückte deren Rücken an ihre weiche Wange. „Ich möchte doch, dass du glücklich bist. Ob das nun mit Kindern oder ohne ist, mach einfach das, was dich glücklich macht. Das Leben ist zu kurz. Weißt du?"

Sie nickte, ihre Kehle war verengt. Sie wusste das von ihrem vorigen Job auf der Onkologie nur allzu gut. Menschen, die ihren Lieben viel zu früh genommen wurden, ihre Leben abgeschnitten, bevor sie auch nur eine Chance hatten, das zu tun, was sie wirklich wollten. Sie wusste, was sie tun musste. Sie musste zurück nach Hause, das mit Griff ausdiskutieren, ihm verständlich machen, dass sie mit ihm zusammen sein wollte. Nur sie beide, kein Ehevertrag nötig. Sie hoffte, dass ihre getrennte Zeit, so kurz und doch quälend lang sie sich auch angefühlt hatte, ihm eine neue Perspektive verschafft hatte. Ihm dabei geholfen hatte, zu verstehen, dass das, was wirklich zählte, war, dass sie zusammen waren. Hoffentlich würde er nicht weiter um mehr bitten.

„Danke, Ma. Ich fahre jetzt wieder nach Hause."

„Schon? Du hast deinen Vater nicht mal gesehen. Bleib. Iss Brunch mit uns. Das ist das Mindeste, was du tun kannst, nachdem du mich mitten in der Nacht mit einem Herzinfarkt geweckt hast. Ich dachte, wir werden ausgeraubt!"

Christina seufzte. „Du wusstest, dass ich das bin. Ich bin die Einzige, die um 3:00 Uhr morgens ins Haus geschlichen kommt."

Ihre Mom machte ihre großen, blaugrünen Augen ganz groß. „Ich wollte schon den Holzschläger holen." Den verwahrte sie unter dem Bett, nur für den Fall. Christina hatte angeboten, hier eine Alarmanlage zur installieren, doch ihre Mom traute dem nicht. Sie meinte, dann bekäme die Polizei jede ihrer Bewegungen mit.

Christina lachte. „Okay, okay. Ich bleibe noch etwas länger."

Als sie nach Hause kam, war es fast Mittag. Vorm Haus waren keine Fans, die dort herumlungerten, oder Paparazzi. Das war merkwürdig. Wenigstens musste sie sich so nicht mit Fragen von der Presse über ihre angebliche Hochzeit herumärgern.

Sie gab den Code ein und platzte ins Haus. „Griff!", rief sie. „Wir müssen reden!"

Die Stille der Leere traf sie. Sie sah sich kurz um. Seine schwarze Lieblingslederjacke war nicht im Flurschrank. „Griff!", rief sie.

Vielleicht hatte er ausgeschlafen. Vielleicht hing ihm die lange Nacht noch nach. Obwohl die fehlende Logik in ihren Überlegungen sie hätte stutzig machen sollen, heizte es nur ihre Panik an. Sie fürchtete, sie hatte ihn von sich gestoßen. Er fühlte alles immer bis in die Knochen, vielleicht hatte er so große Schmerzen, dass er ein wirkliches Ende ihrer Beziehung wollte. Sie rannte die Stufen hinauf zu ihrem gemeinsamen Schlafzimmer. Kein Griff. Das Bett war noch gemacht.

Sie ging zum Schrank. Manche seiner Sachen fehlten. Nicht alle. Das hieß nicht viel. Er hatte das Geld, um sich, wohin auch immer er ging, eine vollkommen neue Garderobe zuzulegen.

Sie rief auf seinem Handy an, doch der Anruf ging wieder gleich auf die Mailbox. „Wo bist du? Ruf mich an."

Doch er rief nicht an. Nicht an diesem Tag. Nicht am nächsten. Sie hatte keine Ahnung, wo er war, keine Ahnung, ob oder wann er zurückkommen würde. Drei Tage ohne eine Antwort auf ihre zahlreichen Anrufe und Nachrichten ließen sie befürchten, dass sie ihn für immer verloren hatte. Er war durch mit ihr.

Wo zum Teufel war er? Er war ganz vom Radar verschwunden. Keine Tweets, keine Bilder, keine Nachrichten, nichts. Und dann, endlich, tauchten Bilder auf – Griff mit seinem Arm um den Popsuperstar Sidney Roy, Griff mit seinem Arm um eine schöne junge Brünette und, was am schlimmsten war, Griff, der in einer Bar Gitarre spielte und eben jene Brünette ansah, die auf Christinas Platz stand! Sie stand immer rechts in der vordersten Reihe, und Griff sah immer *sie* an, wenn er spielte. Sie sah genauer hin. Die Brünette hatte violette Strähnchen in ihren dunklen Haaren und Piercings am ganzen Ohr, was ihr eine Punkrocker-Ausstrahlung gab, und sie trug Griffs schwarze Lederjacke! *Verdammt.* Griff teilte seine Jacke niemals. Selbst Christina hatte sie nur wenige Male getragen. Die Frau musste ihm etwas bedeuten. War mehr als nur ein Fan. Die Fotos stammten aus Eastman, Connecticut.

Das war's! Diese New Yorkerin würde jetzt in die Wildnis von Connecticut fahren, um ihren Mann für sich zurückzufordern. Niemand machte sich an Christina Olsens Mann ran und kam damit durch.

3

Griffin hatte nicht gewusst, wohin er sich wenden sollte nach Christinas niederschmetternder Ankündigung, dass sie sich eine Zeit lang trennen sollten. Nachdem er also mehrere Stunden durch die Stadt gefahren war, hatte er sich diesen Artikel über den Tod seines Vaters genauer angesehen. Niemand hatte ihn darüber informiert, doch wer sollte das auch tun? Er hatte keine Familie, die die Verbindung zwischen ihnen beiden hätte herstellen können. Sie hatten unterschiedliche Nachnamen. Als er achtzehn geworden war, hatte Griffin offiziell den Mädchennamen seiner Mutter angenommen. Er hatte nicht mit dem Mann, der nur hin und wieder in seinem Leben aufgetaucht und immer nur so lange geblieben war, dass seine Mutter die Hoffnung bekam, sie könnten wieder zusammenkommen (obwohl sie sich hatten scheiden lassen, als Griffin zwei gewesen war), und dann wieder verschwunden war, in Verbindung gebracht werden wollen. Griff war in armen Verhältnissen aufgewachsen. Das war einer der Gründe gewesen, weswegen er solch einen Drang verspürt hatte, groß rauszukommen, weswegen es nur noch süßer gewesen war, seiner Mom ein Haus kaufen. Sein Dad hatte nie Alimente oder Unterhalt für sein Kind geschickt (sagte, er habe nicht die Mittel), und es war nicht leicht gewesen, als Kind mit dem Sekretärinnengehalt seiner Mom auszukommen. Aus all diesen Gründen hatten er und sein Vater einander nicht nahegestanden. Dennoch hatte er ihn nie wirklich hassen können, denn sein Dad hatte ihm das Wichtigste in seinem Leben gegeben – die Musik.

Als er herausgefunden hatte, dass die Beerdigung in nur drei Tagen in Greenport, Connecticut, geplant war, hatte er sich dort eine Hotelsuite gebucht und war hingefahren. Er hatte sich gesagt, er wolle nur aus New York verschwinden, da ihn dort alles an die Frau erinnerte, die er liebte. Als er in Greenport ankam, stellte er fest, dass es mehr als das war. Er wollte sich von seinem Dad verabschieden.

Nachdem er sich ein Wochenende lang in seinem Hotel eingebunkert, zu viel Whiskey getrunken und sein elendes Ich verflucht hatte, weil er seine Vergangenheit so gründlich vermasselt hatte, dass Christina keine Zukunft mit ihm riskieren wollte, tauchte Griffin am Montagnachmittag bei der Beerdigung auf. Das Beerdigungsinstitut, ein historisch aussehendes Gebäude, war etwas abseits von der Stadt in den Wald gebettet. Ein friedlicher Ruheort, dachte er, als er eintrat. Nur eine Handvoll Leute hatten sich eingefunden. Er hatte einen schwarzen Anzug angezogen, dazu seine Pilotenbrille aufgesetzt und eine schwarze Kappe, die er sich tief in die Augen gezogen hatte, denn er wollte keine Aufmerksamkeit auf sich selbst als Griffin, der Rockstar lenken. Am Eingang eines Raumes hinten entdeckte er ein Schild, auf dem der Name seines Dads stand, und er ging hinüber. Ungefähr ein Dutzend Gäste saßen verstreut in mehreren Stuhlreihen mit Blick auf einen offenen Sarg vorne.

Er blieb hinten und wartete. Als offenbar jeder, der zum Sarg gehen wollte, dies getan hatte, ging auch er, um sich zu verabschieden. Er sah hinab auf den Mann, dem er vom Äußeren her so ähnlich war. Das dunkle Haar seines Dads war lang und von grauen Strähnen durchzogen, tiefe Furchen hatten sich um seine Augen und um seinen Mund gebildet, doch ansonsten sah er aus wie immer. Es war, wie sich selbst fünfundzwanzig Jahre später zu sehen. Eine knochentiefe Traurigkeit erfüllte ihn. Nicht, weil er den Tod seines Dads betrauerte, sondern vor Bedauern. Denn, wenn sein Dad auch nur irgendwie ein Vater gewesen wäre, hätten sie einander nahestehen können, und jetzt war es zu spät. Vielleicht hätten sie zusammen auf Tournee gehen können oder wenigstens mal gemeinsam auftreten. Doch dafür war sein Dad zu egoistisch gewesen, er hatte sich nur für sich selbst und dafür interessiert, wo sein nächster Gig sein würde. Es war an der Zeit, dieses Kapitel seines Lebens zu schließen. Griffin schwor sich dort und in dem Moment, dass, wenn er die Chance dazu bekäme, er das Erbe seines Vaters nicht fortsetzen würde. Er würde sich um seine Kinder kümmern, seine Leidenschaft für die Musik mit ihnen teilen, Zeit mit ihnen verbringen, um ihnen gerecht zu werden, ganz egal, welche persönlichen Opfer das in seiner Karriere von ihm verlangte. Denn, wenn er das nicht tat, würde er genauso enden. Mit einem Sohn, der nicht einmal eine einzige Träne aufbringen konnte, nur Traurigkeit über das, was hätte sein können.

Er zog ein grünes Plastikplektron aus seiner Tasche und legte es in den Sarg. Das war das erste Plektron, das sein Dad ihm zusammen mit seiner ersten Gitarre geschenkt hatte, als er fünf Jahre alt gewesen war. Er hatte es all die Jahre behalten, und jetzt war er durch damit. Er fühlte sich merkwürdig taub, dafür, dass das meiste ihm immer in die Knochen ging. Es war nicht leicht, viel für einen Mann zu empfinden, den er abgesehen von ein paar Erinnerungen und einem Plektron, nicht wirklich gekannt hatte.

Er drehte sich um und verließ das Beerdigungsinstitut in die Kälte eines Wintertages, während die Sonne über den blassgrauen Wolken hervorlugte.

„Hey, warten Sie!", rief eine weibliche Stimme.

Er blieb stehen und bemühte sich, ein höfliches Lächeln

für das, was höchstwahrscheinlich ein Fan war, aufzubringen. Er drehte sich um. „Ja?"

Die junge Frau mit dem dunklen Haar und den violetten Strähnchen trug einen langen schwarzen Mantel, der über einem schwarzen Kleid geöffnet war, dazu kleine silberne Kreolen, die sich über beide Ohren erstreckten. Eine Mischung aus Punkrock und Hipster. Sie eilte an seine Seite und runzelte die Stirn. „Warum haben Sie ein Plektron in den Sarg meines Dads gelegt?"

Er zuckte zusammen. Ihr Dad? Er nahm seine Sonnenbrille ab, steckte sie in seine Jackentasche und musterte ihr Gesicht. Ihre Augen waren haselnussbraun wie seine, allerdings mit einem grünen Rand, ihre Nase gerade und die Spitze mit einem kleinen Stups, ihre Unterlippe voll. Genau wie bei ihm. Wie bei seinem Dad.

„Oh mein Gott!", kreischte sie. „Sie sind Griffin Huntley! Ich bin ein riesiger Fan! Sie kennen meinen Dad? Er ist auch Musiker. Na ja, er war Musiker." Ihr Gesicht verzog sich, und sie biss sich auf die Lippe.

„Ja, ich kannte ihn." Wieder mal typisch, dass sein Dad ihn nicht erwähnt hatte. Verdammt, soweit er wusste, hatte sein Dad im ganzen Land verstreut Kinder. Er war ein Streuner, war er schon immer gewesen. Gutaussehend, charmant, konnte gut mit den Damen umgehen. Doch für Griffin war es nicht unbedingt schlecht zu erfahren, dass er möglicherweise eine Halbschwester hatte. Er hatte gedacht, jetzt, da sein Vater tot war, hätte er überhaupt keine Familie mehr. Für sie konnte es jedoch sein, dass diese Neuigkeit nicht so willkommen war. Vielleicht wollte sie ihre Erinnerungen an ihren gemeinsamen Dad nur als ihre eigenen bewahren.

„Haben Sie mal mit ihm gespielt?", fragte sie. „Er war großartig mit der Gitarre."

„Haben Sie einander nahegestanden?"

Tränen traten ihr in die Augen. „Nicht so nahe. Nach der Scheidung ist er nicht lang geblieben." Sie blinzelte rasch und versuchte erfolglos, die Tränen zurückzuhalten. „Tut mir leid", brachte sie erstickt hervor. „Ich weine sonst eigentlich nie." Mit ihrer Faust wischte sie sich hastig die Tränen aus den Augen.

„Er war ein Streuner", sagte er.

Sie schniefte. „Ja, ich schätze, das war er. Früher habe ich mir gewünscht ..." Sie schloss den Mund. „Zu spät."

Er entschied sich, es zu riskieren. Vielleicht hatte sie genauso eine schreckliche Kindheit hinter sich wie er. „Er war auch mein Dad."

Sie stolperte zurück, ihre Augen waren geweitet. „Er, was? Er hatte noch eine andere Familie?"

„Laila!", rief eine brünette Frau mittleren Alters mit forscher, ernster Stimme. „Es ist Zeit, zum Friedhof zu fahren." *Layla, wie in dem Song von Eric Clapton?*

Laila packte seinen Arm. „Fahren Sie mit uns."

Griffin schüttelte seinen Kopf. „Mir reicht's mit dem Beerdigungskram. So gut habe ich ihn gar nicht gekannt."

„Dann treffen wir uns im Haus meiner Mom", sagte sie. „Das ist in Fieldridge. Ungefähr eine Stunde von hier." Sie ratterte ihre Adresse herunter. „Da gibt es einen kleinen Leichenschmaus."

Er blickte in die Ferne. „Ich weiß nicht, ob das eine gute Idee ist." Er war nicht in der Stimmung, sich mit Menschen zu treffen, die er gar nicht kannte und die einen Mann betrauerten, den er kaum gekannt hatte.

„Bitte", sagte sie und nahm seine beiden Hände. „Wir sind doch eine Familie."

Die Tränen, die nicht hatten kommen wollen, stachen jetzt in seinen Augen. Er hatte gemeint, sie würde ihn unter diesen Umständen nicht für Familie halten wollen. Er war eine Erinnerung daran, dass ihr Dad ein egoistischer Bastard war, der seine Kinder im Stich gelassen hatte.

Er zog seine Hände aus ihren und setzte sich die Sonnenbrille wieder auf, um seine glänzenden Augen zu verbergen. „Ja. Okay!"

LAILA COLTON STAND in solch einem großen Durcheinander von Gefühlen am Grab ihres Vaters, dass sie die sanften Worte des Pfarrers fast gar nicht hörte. Ihr Dad hatte noch eine andere Familie. Der größte Rockstar der Welt war ihr Halbbruder. Griffin würde damit nicht lügen. Warum sollte er? Er hatte aus der Verbindung nichts zu gewinnen. Sie war ein Niemand. Ihr Dad war bettelarm gestorben. Es war ihre Mom, die seine Beerdigung in dieser wohlhabenden Stadt organisiert hatte, in der er seinen ersten großen Auftritt gehabt hatte. Ihre Mom hoffte, sein Vermächtnis so bewahren zu können, obwohl sie sich schon vor langer Zeit hatten scheiden lassen.

Wut und überwältigende Traurigkeit überfluteten sie wegen des Todes ihres Dads. Sie hasste ihn, weil er sie verlassen hatte. Er war der Puffer zwischen ihr und ihrer Mutter gewesen, einer extrem strengen Frau, die aus allem die Freude saugte. Kurz bevor er sie verlassen hatte, hatte ihr Dad ihr erklärt, dass er ihretwegen so lange wie möglich geblieben war, doch dass sie jetzt alt genug war, um sich selbst um ihre Angelegenheiten zu kümmern. Da war sie zehn gewesen.

Doch sie hatte sich nie vollkommen von ihrem Dad abwenden können. Im Laufe der Jahre war er immer wieder in ihrem Leben aufgetaucht – immer unangekündigt – seine Besucher eine riesige, glückliche Überraschung, über die ihre Mom alles andere als glücklich gewesen war. Ihr Dad schenkte ihr eine Gitarre, als sie fünf Jahre alt war, das Alter, so hatte er gesagt, das am besten geeignet war, um Musik zu erlernen, und er hatte immer darauf geachtet, wie gut sie das Gitarrespielen lernte. Musik wurde damit ihre geheime Leidenschaft, eine, der sie in der Abgeschiedenheit ihres Zimmers nachging, denn ihre Mom konnte die Erinnerungen an ihren Dad nicht ertragen. Sie hatte ein gutes Gehör, eine gute Stimme, wenn sie allein war, doch richtiges Lampenfieber ließ ihre Stimme ersticht und grässlich flach klingen, wenn sie versuchte aufzutreten. Sie hatte einmal davon geträumt zu komponieren, hatte sogar zum College gehen wollen, um Musik zu studieren, doch ihre Mom hatte dem ganzen Unsinn einen Riegel vorgeschoben. Sie weigerte sich, eine Karriere zu unterstützen, die so instabil war wie die eines Musikers.

Deswegen hatte Laila sich still damit abgefunden, als Kellnerin im Ernie's Diner in Eastman zu arbeiten, ihre wechselnden Schichten hinter sich zu bringen, um die Rechnungen für ihr kleines Ein-Zimmer-Apartment zu bezahlen und sich zu befreien, um weiter ihre Lieder zu schreiben. Doch sie war niemals ausgebrochen, hatte niemals auch nur ihre Heimatstadt Fieldridge verlassen. Ein Teil von ihr erwartete, dass sie es niemals schaffen würde. Ihre Mom sagte immer, dass die Chance eins zu einer Million stand, und Laila war nicht besser als Tausende anderer da draußen mit demselben Talent. Und als sie erst einmal gesehen hatte, dass Fieldridge bereits Sydney Roy hatte, die in der Musikszene groß rausgekommen war, hatte Laila ihre Gitarre beiseitegelegt. Denn als sie das Starpotenzial gesehen hatte, das auf der Bühne aus Sydney hervor strahlte, wusste Laila, dass das Spotlicht niemals für sie leuchten würde. Ihr fehlte dieses besondere Charisma, das die Leute anzog. Sie hatte die Kompetenz und die Leidenschaft für die Musik, doch das gewisse Etwas fehlte. Das, was zwischen großartig und Superstar stand.

Die kurze Zeremonie endete. Weder sie noch ihre Mom hatten feuchte Augen. Laila hatte in den letzten drei Tagen sämtliche Tränen vergossen, die sie hatte. Sie hatte mitbekommen, dass auch ihre Mom am ersten Tag, als sie die Nachricht bekommen hatte, in der Abgeschiedenheit ihres Schlafzimmers leise geschluchzt hatte.

„Mein Beileid für Ihren Verlust", sagte der Pfarrer und sah sie beide an.

„Danke", sagte ihre Mom kurz angebunden.

Laila konnte nur nicken. Ihre Mom drehte sich um und ging zu ihrem weißen Mercedes. Laila beeilte sich, um sie einzuholen. Sie wartete, bis sie wieder auf der Straße nach Fieldridge waren, dann verkündete sie: „Ich habe noch einen Gast nach Hause eingeladen."

„Wen?" Ihre Mom sah in den Rückspiegel, um sich zu vergewissern, dass der kleine Trauerzug ihr folgte. Die Leute waren keine Verwandte, vielmehr Musiker, die im Laufe der Jahre mit ihrem Dad gespielt hatten. Sie kannte keinen von ihnen.

„Griffin Huntley.""

„Sei ernst."

„Ich meine es ernst."

„Seit wann kennst du Griffin Huntley? Hat Sydney ihn eingeladen? Mir war gar nicht klar, dass ihr euch so gut versteht."

Taten sie nicht. Laila hatte hauptsächlich flüchtige Bekanntschaften, ihre engen Freunde waren in andere Städte gezogen, ihrer Karriere oder einer Beziehung wegen. Sie war es gewohnt, allein zu sein, da sie Einzelkind einer Mom war, die als Anwältin viele Stunden in ihren Job in der City steckte. Bis sie zwölf gewesen war, hatte sie ihre Großmutter gehabt. Dann war ihre Großmutter gestorben.

Sie knirschte mit den Zähnen. Ihre Mom vermutete, bloß, weil Sydney so berühmt war, dass sie die Einzige war, die möglicherweise Griffin Huntley kennen konnte. Das kratzte sie so sehr, dass sie sagte: „Ich habe Griffin bei der Leichenschau kennengelernt. Er ist Dads anderes Kind."

„Verstehe."

„Verstehe? Mehr hast du dazu nicht zu sagen? Dad hatte

noch eine andere Familie, ich habe einen berühmten Halbbruder, und alles, was du sagen kannst, ist Verstehe?"

Ihre Mom stieß einen harschen Atemzug aus. „Was soll ich denn deiner Meinung nach sagen? Das ist mir neu, aber keine große Überraschung. Dein Dad konnte viele Kinder gehabt haben. Er hatte sicherlich zahlreiche Frauen. Selbst ich bin mal drauf reingefallen, und ich bin eigentlich klug. Stell dir nur vor, was dieser Charme bei jemandem anrichten kann, der ein etwas schlichteres Gemüt hat."

„Stell sich das mal einer vor", sagte Laila trocken.

„Pass auf, was du sagst", blaffte ihre Mom.

Den Rest der Fahrt fuhren sie schweigend, doch das war für sie nicht ungewöhnlich. Ihre Mom hatte keinen Hehl daraus gemacht, dass Laila eine Enttäuschung für sie war. Sie hatte nie an Lailas Traum, Songwriterin zu werden, geglaubt und hatte sie jahrelang gedrängt, zum College zu gehen und sich einen richtigen Job zu suchen. Jetzt war Laila neunundzwanzig, und ihre Mom hatte die Idee mit dem College aufgegeben.

Bald schon kam Fieldridge in ihren Blick, eine Kleinstadt, die hier und da aus Pferdehöfen und Ansammlungen von Häusern bestand. Sie war in einem älteren Ranchhaus am Fuß eines Hügels mit eleganten Herrenhäusern weiter oben aufgewachsen. Sie hatte früher immer die Fantasie gehabt, ihr Dad würde eines Tages ein großer Superstar werden und sie alle würden dann ganz oben in einem der herrlichen Herrenhäuser wohnen. Sie träumte nicht mehr von unmöglichen Dingen.

Als sie in die Einfahrt bogen, war Griffin bereits da und lehnte sich locker gegen einen schwarzen Hummer. Er trug wieder diese Pilotenbrille und eine schwarze Lederjacke, seine Beine hatte er an den Knöcheln übereinandergelegt und sah mit jeder Faser aus wie der international berühmte Rockstar, der er nun mal war. Sie merkte, wie sie lächelte.

„Da sieht aber mal jemand überzeugt von sich aus", murmelte ihre Mom.

„Sei nett", sagte Laila. „Bitte. Auch er hat heute seinen Dad verloren."

„Du wirst dich um ihn kümmern", sagte ihre Mom. „Ich werde höflich sein. Mehr kannst du nicht von mir erwarten."

Als hätte sie je mehr von ihrer Mom bekommen als das. Laila eilte zu Griffin hinüber. „Das ist meine Mom, Lisa Hughes. Mom, Griffin Huntley." Ihre Mom hatte ihren Mädchennamen behalten.

Griffin setzte ein Lächeln auf und schüttelte ihrer Mom die Hand. „Schön, Sie kennenzulernen, Lisa."

„Ganz meinerseits", sagte ihre Mom steif. „Kommen Sie doch herein."

Sie folgten ihr ins Haus. Die nächste Stunde verbrachten sie und ihre Mom damit, höflich Beileidsbekundungen entgegenzunehmen, während sie sich an dem Essen bedienten, das Laila bei einem Italiener in der Nähe bestellt hatte. Griffin hielt sich etwas abseits, stand allein in einer Ecke, immer noch in seiner schwarzen Lederjacke und mit der Sonnenbrille auf der Nase. Die Musiker im Raum kamen zu ihm, um sich mit ihm zu unterhalten. Als endlich alle gegangen waren, zog ihre Mom sich in ihr Schlafzimmer zurück und ließ sie und Griffin allein.

„Möchtest du Kaffee?", fragte sie Griffin.

„Klar."

„Du kannst deine Jacke schon ausziehen, weißt du?"

Er hob einen Mundwinkel. „Mich ganz wie zu Hause fühlen, wie?"

„Klar."

Er nahm die Brille ab, schob sie in die Innentasche seiner Jacke, dann zog er die Lederjacke und die schwarze Anzugsjacke darunter aus. Sie nahm ihm beides ab und hängte sie an den Garderobenständer an der Tür. „Komm mit", sagte sie und ging in die Küche.

In der kleinen, aber tadellos sauberen Küche ihrer Mom ging sie zur Kaffeemaschine, in der noch eine halbe Kanne Kaffee stand. Sie füllte zwei weiße Becher und gesellte sich zu Griffin in die Frühstücksecke mit der umlaufenden Bank. Sie musste unwillkürlich starren. Nicht nur, weil der berühmteste Rockstar der Welt ihr genau gegenübersaß, sondern auch wegen der unheimlichen Ähnlichkeit mit ihrem Dad. Das gleiche dunkle Haar, auch wenn Griffins kurz war und stachelig hochstand, die gleichen haselnussbraunen Augen, eine Nase, deren Spitze nach oben gebogen war, die volle Unterlippe, selbst die Fünf-Uhr-Stoppeln an seinem Kiefer. Wenn sie die Augen zusammenkniff, war es, als säße sie ihrem Dad wieder gegenüber. Ihre Kehle verengte sich, und sie nahm einen Schluck Kaffee, um lockerer zu werden.

„Danke", sagte Griffin und nahm einen Schluck Kaffee. Dann stellte er ihn ab und musterte ihr Gesicht. Vermutlich fiel ihm auf, wie sehr auch sie nach ihrem gemeinsamen Dad kam. Sie hatte die gleichen haselnussbraunen Augen, die gleiche Nase, die gleichen Lippen; den Rest hatte sie von ihrer Mom. „Ist es okay für dich, einen Halbbruder zu haben?"

„Mehr als okay." Für manche Leute mochte es niederschmetternd sein zu erfahren, dass ihr Dad heimlich noch eine andere Familie hatte, für sie war es die reine Erleichterung. Endlich jemand, mit dem sie darüber sprechen konnte, wie es war, wenn der charismatische talentierte Ron Colton einen mit seiner Anwesenheit beehrte und sie einem dann wieder entriss. Vielleicht war Griffin jemand, der blieb.

Er grinste. „Weil ich irgendwie einen großen Namen habe, oder weil du wirklich einen Bruder willst?"

Irgendwie einen großen Namen?"

Er schmunzelte. „Aber wirklich, du kannst ruhig ehrlich sein. Verdammt, es ist mir egal, ob du bloß auf den Namen stehst. Ich bin froh, eine Familie zu haben."

Sie legte ihre Finger um den Becher, wärmte sie. „Das ist

großartig, denn ich bin ein Fan. Aber ich bin auch froh, eine Familie zu haben. Es gibt sonst nur mich und meine Mom."

Er öffnete den obersten Knopf an seinem weißen Hemd und auch die Manschetten, krempelte die Ärmel hoch. Seine Unterarme waren voller Tattoos. Ihr Bruder war solch ein harter Typ. Sie konnte immer noch nicht fassen, dass sie einen Bruder hatte. „Lange Zeit gab es auch nur mich und meine Mom", sagte er. „Meinst du, es gibt noch mehr von uns einsamen Einzelkindern, die Ron Colton zurückgelassen hat?"

Sie schluckte kräftig. „Du warst einsam?" Sie konnte nicht glauben, dass jemand wie Griffin Huntley jemals so empfand. Wie konnte jemand, der dieses „Etwas" zuhauf besaß, auch nur einen Moment unglücklich sein?

Er nahm einen Schluck Kaffee. „Dad ist gegangen, als ich zwei war. Meine Mom hat viel gearbeitet, und trotzdem konnten wir die Rechnungen nicht bezahlen. Wir wussten nie, wann uns vielleicht der Strom oder das Telefon abgestellt wurden. Ich habe viel Zeit allein zu Hause verbracht, nur meine Gitarre und ich."

„Ich auch", sagte sie leise.

Er nickte langsam. „Wenigstens hat er dir die gegeben. Bist du gut?"

Sie schüttelte den Kopf. „Nicht so gut wie du. Ich habe seit Jahren nicht gespielt."

„Warum nicht?"

Sie hob eine Schulter, denn sie wollte nicht zugeben, dass ihr etwas Wichtiges fehlte. Dass das Lampenfieber ihr die Stimme nahm und sie dann grässlich schief sang. Ihre Kehle hatte sich die paar Male, in denen sie es probiert hatte, praktisch verschlossen.

„Du siehst aus wie er", sagte sie.

„Ja, ich Glücklicher. Damit habe ich meine Mom jedes Mal an den Idioten erinnert, der abgehauen ist, ohne ihr Kindesunterhalt zu zahlen."

„Er hatte nicht viel Geld", sagte sie ihn in Schutz nehmend. Außerdem, so wurde ihr jetzt klar, hatte er wohl das Geld genommen, um für ihren Unterhalt aufzukommen, als Griffin noch ein Kind gewesen war. Er war elf Jahre älter als sie. Das wusste sie, weil sie in Zeitschriften über ihn gelesen hatte. Sie hob ihre Brauen. „Nun, jetzt weißt du wenigstens, wo ein Teil des Geldes geblieben ist. Bei mir. Bis er auch uns verlassen hat."

Griffin schüttelte den Kopf und nahm noch einen Schluck von seinem Kaffee. „Wie alt warst du, als er euch verlassen hat?"

„Zehn."

„Hat er euch besucht?"

„Ja, hin und wieder. War immer ein Überraschungsbesuch."

Griffin schnaubte. „Das klingt nach ihm. Weiß man, woran er gestorben ist?"

„Sein Herz konnte nicht mehr. Unterwegs hat er nicht gerade gesund gelebt. Hat hauptsächlich in fettigen Diners und Fast Food Lokalen gegessen."

Einen Moment lang saßen sie schweigend da.

„Meinst du, du wirst eine Weile in der Stadt bleiben?", fragte sie und hoffte, mit ihm angeben zu können.

Er sah ihr in die Augen. „Möchtest du das?"

„Natürlich möchte ich das."

„In Ordnung. Gibt's hier in der Gegend irgendwelche Bars? Ich könnte einen Drink gebrauchen."

„Ja. Wir gehen nach dem Abendessen hin. Zum Essen kann ich dich in das Diner bringen, in dem ich arbeite; dann gehen wir ins McGinty's. Sie haben eine großartige Auswahl an Drinks."

Ein kleines Lächeln umspielte seine Lippen. „Du willst mit mir angeben."

Eine seltene Röte brannte auf ihren Wangen. „Bin ich so durchsichtig?"

„Nee. Das tut jeder. Alles gut. Ich bringe meine Gitarre und spiele ein paar Lieder."

„Macht dir das etwas?"

Er lehnte sich zurück und streckte seine Arme auf der Rückenlehne der Bank aus. „Nichts fühlt sich besser an, als für ein Publikum zu spielen. Außer einen neuen Song zu schreiben. Das ist pure Euphorie."

Es war tatsächlich Euphorie zu komponieren. Und sie stellte fest, dass sie es vermisste. „Ich weiß, was du meinst."

„Ja? Schreibst du auch Lieder?"

Sie schob eine Strähne hinter ihr Ohr und nickte. „Nichts wie deine."

„Komm schon. Du bist Ron Coltons Tochter. Ich möchte es hören."

Sie schüttelte den Kopf. „Ich bin außer Übung."

„Das ist ein Teil von dir, wie es ein Teil von mir ist. Er hat dir das Gitarrespielen beigebracht, richtig?"

„Ja. Er hat mir meine erste gegeben, als ich fünf war."

Er sah sie wissend an. „Geht mir auch so. Ich wette, du hast dieselbe seelentiefe Verbindung zur Musik. Die hatte ich eine Weile durch meinen Lifestyle verloren, aber Chris ..." Er sprach nicht weiter, dann räusperte er sich endlich. „Doch dann habe ich sie wiedergefunden." Er trommelte mit den Fingern auf den Tisch. „Wir sollten zusammen spielen. Das wäre ein passender Tribut für unseren Dad."

„Ich bin nicht so gut wie du", protestierte sie.

Er stand auf und zog sie von ihrem Platz. „Keine Ausreden. Du musst mir mindestens einen Song vorspielen, bevor du mit mir angeben darfst."

Und so fand Laila sich schließlich in ihrem Apartment wieder mit dem berühmtesten Rockstar der Welt. Sie führte ihn in ihre Wohnung im Erdgeschoss eines hellblauen Holzhauses, das in ein Mehrfamilienhaus umgebaut worden war. Sie sah ihn an, als er ihr bescheidenes Wohnzimmer mit dessen zusammengewürfeltem Mobiliar und Dekor betrachtete, hauptsächlich Stücke, die sie auf dem Flohmarkt gefunden hatte. Ein grelles abstraktes Gemälde gegenüber einem rosa Polstersofa aus den Sechzigern mit einer Sammlung bunter Dekokissen. Eine kleine Lederottomane, die als Sofatisch diente, stand vor dem Sofa auf einem rot-orangefarbenen Fransenteppich, der einen alten Hartholzfußboden bedeckte. Ein Holzstuhl diente als Beistelltisch, und ein schwarzer Metallstuhl mit einem blauen, mit niedlichen Blumen bestickten Kissen bot eine weitere Sitzgelegenheit.

Sie deutete auf das Sofa. „Dann, ähm, mach es dir bequem. Ich hole meine Gitarre." Sie hatte sie ganz hinten in ihren Kleiderschrank geschoben.

Er grinste. „Auf dem rosa Sofa?"

„Du kannst auch den Stuhl nehmen, wenn dir das lieber ist." Vielleicht war er zu tough für ein rosa Sofa.

„Den Stuhl mit den Blumen?", fragte er mit neckender Stimme.

Sie schnaubte. „Tut mir leid, ich habe keine männlichen Möbel."

Er ging zu ihr und zog sie an den Haaren. „Das ist cool. Ziemlich Boho."

„Oh! Danke!"

„Ich nehme das rosa Sofa", sagte er und setzte sich mit seiner Gitarre dorthin. Sie wandte rasch den Blick ab, wollte nicht über das merkwürdige Bild, das er abgab, lachen, der coole Rocker mit seinen dunklen stacheligen Haaren und Tätowierungen vor den rosa Kissen.

Sie ging ins Schlafzimmer, das im selben bunten alles-vom-Flohmarkt-Stil eingerichtet war, und schnappte sich ihre Gitarre aus dem Schrank. Die Hülle legte sie auf die fuchsiafarbene Tagesdecke, öffnete sie und betrachtete das glänzende goldene Holz ihrer geliebten Martin Gitarre, irgendwas zwischen entsetzt und erleichtert. Sie konnte hören, wie Griffin seine Gitarre stimmte.

Sie streichelte das Holz, als Erinnerungen an ihren Dad

sie fluteten. Seine tiefe, melodische Stimme, die sie ermutigte, ihr gutes Gehör lobte, seine Stimme zu ihrer fügte. Diese magischen Zeiten, in denen es nur sie beide gab, die in der Musik verloren waren. Sie schloss die Augen, als eine Träne entkam.

Griffin begann zu spielen. Auf das Geräusch hin sprang sie ruckartig in Aktion und eilte zurück ins Wohnzimmer. Es war Van Morrisons „Brown Eyed Girl". Der erste Song, den ihr Dad ihr beigebracht hatte. Obwohl er den Text zu „my green-eyed girl" abgeändert hatte, da ihre Augen haselnuss-braun waren mit einem grünen Rand mit goldenen Flecken. Passte besser als „haselnussbraun".

Er hörte auf zu spielen. „Ich gehe davon aus, dass du dieses Lied von der gleichen Quelle kennst wie ich."

Sie nickte.

„Dann spiel mit." Er saß einfach nur da und wartete.

Was sollte sie schon tun? Sie nahm ihre Gitarre, setzte sich neben ihn aufs Sofa und stimmte sie. Er nickte einmal und begann den Song von vorne. Sie stimmte mit ein, ihre Stimme sanft wie ein Flüstern, ihre Finger vertraut mit den schlichten Akkorden. Sobald der Song zu Ende war, begann Griffin einen weiteren Song, den sie von ihrem Dad kannte, dann noch einen, und allmählich wurde klar, dass Ron Colton seinen Kindern dasselbe Repertoire an schlichten, aber mitrei-ßenden Melodien beigebracht hatte. Beim letzten Lied jedoch verlor Griffin sie, einem schnellen Irish Folk Song „Whisky in the Jar". Ihr Dad hatte irische Wurzeln.

„Ich bin außer Übung", sagte sie, als er das Lied allein zu Ende spielte.

„Lass mich eins von deinen hören", sagte Griff.

Sie schluckte kräftig.

„Bitte", sagte er. „Ich möchte es wirklich hören."

Sie begann zu spielen, sah auf ihre Gitarre hinunter und hielt ihre Stimme leise und ruhig. Der Song, „Jarring Halt", war tief persönlich und technisch schwierig zu spielen für sie.

Nach der ersten Strophe hielt sie an, ihre Finger lagen noch auf den Saiten.

„Ja, ja, mach weiter", drängte er sie. „Du hast da was."

Sie atmete einmal tief ein und machte weiter. Dieses Mal jedoch, ermutigt durch sein Lob, ließ sie los, ließ die Musik durch sich fließen und ihr lange vergrabenes Herz und ihre Seele wach werden. Sie beendete es in einem Andrang glücklicher Tränen.

Griffin ging locker damit um, nickte nur auf seine wissende Art. „Das ist genau der richtige Scheiß. Mach weiter. Ich glaube, du hast noch mehr zu sagen."

Und dann stimmte er mit seiner Gitarre ein, spielte Songs mit, die sie komponiert hatte, bei manchen Refrains verschmolzen ihre Stimmen harmonisch miteinander. Ihre Stimme war überraschend fest, gehoben durch die ihres Bruders. Das war ein letztes Abschiedsgeschenk von dem Vater, den sie trotz seiner Fehler immer geliebt hatte. Griffin und durch ihn ihr Dad hatte ihr die Musik zurückgebracht. Es war Euphorie.

4

Griffin fand es wirklich cool, eine Schwester mit einem Talent für Musik zu haben. Es war, als lebte sein Dad weiter, doch auf bessere Art. Laila hatte eine spröde Härte an sich, kein Wunder, nach dem, was er davon wusste, ein Einzelkind von Ron Colton zu sein, doch wenn sie die Gitarre spielte, öffnete das etwas Schönes, von dem er wusste, dass es ihre Seele war, die hindurchschimmerte. Nichts war mächtiger als die Musik der Seele. Man musste nur die Millionen von Fans fragen, die sein letztes Album gekauft hatten.

Laila kam in einem neuen Outfit für den Abend aus dem Schlafzimmer – ein durchsichtig weißes Oberteil, unter dem man ihr Dekolleté und ihren leuchtend pinkfarbenen BH sah, eine Jeansshorts, schwarze Netzstrumpfhosen mit Löchern und schwarze Stiefel mit hohen Absätzen.

Griffin räusperte sich. „Ähm … wirst du wirklich … so ausgehen?", fragte er und überraschte sich selbst mit seinem altmodischen Vatergehabe.

„Wie denn?"

„Du brauchst einen Pullover."

„Ich ziehe eine Jacke an."

Er zog seine schwarze Lederjacke aus und legte sie ihr um

die Schultern. Das bedeckte sie ganz gut vom Hals bis zum Oberschenkel. „Da. Jetzt siehst du mehr nach Rock ‚n' Roll aus."

Sie lächelte. „Ja? Ich habe auch darüber nachgedacht, mir ein Tattoo zuzulegen."

„Wenn du das tust, dann sollte es aber auch etwas bedeuten."

„Deine haben also alle eine Bedeutung?"

„Japp. Erste Frau, erster Plattenvertrag, erste Million verkaufter Alben. Eine Menge erster Dinge."

Laila runzelte die Stirn. „Solche coolen ersten Dinge habe ich aber nicht."

„Dann warte eben, bis du sie hast. Bereit?"

Einen Moment lang schmollte sie, dann schien sie sich zu fangen. „Brauchst du denn keine Jacke?"

„Mir wird es schon gut gehen. Ist doch nur ein kurzer Gang vom warmen Auto zum nächsten warmen Ort, richtig?"

„Schätze schon. Darf ich deinen Hummer fahren?"

„Klar."

Er nahm sich seine Gitarrenhülle und folgte ihr zur Tür hinaus. Es war eisig kalt, doch auf keinen Fall würde er seine Jacke zurückverlangen. Rasch öffnete er den Hummer und stieg auf der Beifahrerseite ein. Laila sprang auf den Fahrersitz und fuhr die kurze Strecke zum Ernie's Diner im nahen Eastman.

Sie parkte und stieg rasch aus, gestikulierte aufgeregt in seine Richtung. „Komm schon!"

Er öffnete die Tür und beugte sich hinaus. „Soll ich meine Gitarre mitbringen?"

„Spar dir das für die Bar."

„In Ordnung." Er holte sie ein, als sie zum Eingang ging, und hielt ihr die Tür auf.

Das Diner hatte einen Empfang, einen langen schwarzen Tresen zum Sitzen und eine Menge Nischen mit roten Vinylpolstern und weißen Laminattischen auf beiden Seiten. Mehrere junge Kellner und Kellnerinnen huschten zwischen den Tischen umher, gemeinsam mit einer älteren Frau, die ihre Haare in einem Knoten trug und eine rosa Bluse mit passender Strickweste und einem langen Blumenrock anhatte. Vielleicht konnte er herausfinden, woher sie dieses hübsche, bescheidene Outfit hatte, und seiner Schwester auch so etwas kaufen. Sein überaktiver brüderlicher Beschützerinstinkt ließ ihn schmunzeln. Er hatte wirklich das tiefsitzende Gefühl, eine Familie zu haben.

Erstauntes Schweigen breitete sich im Lokal aus, als einer nach dem anderen der Gäste ihn erkannte.

Grüßend hob er eine Hand. Laila stand strahlend an seiner Seite. Die ältere Frau eilte zu ihnen. Griffin wartete darauf, dass sie um sein Autogramm oder ein Bild bat, doch stattdessen sah sie nur seine Schwester an. „Was machst du denn hier an deinem freien Abend, Schatz? Du solltest es doch ruhig angehen nach der Beerdigung."

„Ich bin hier, um mit meinem Bruder, Griffin Huntley, zu Abend zu essen", verkündete Laila etwas lauter als nötig war. Das Rauschen von Geflüster breitete sich im Diner aus.

„Du hast einen Bruder?", fragte die ältere Frau.

„Schön, Sie kennenzulernen", sagte Griffin.

„Oh, das ist mein Boss, Carol", sagte Laila und stellte die beiden einander vor. Sie sah sich um.

Carol sah Griffin mit zusammengekniffenen Augen an. „Sie haben tatsächlich um die Augen herum ein wenig Ähnlichkeit mit Laila." Sie schien nicht zu wissen, wer er war. Eine merkwürdige Erfahrung für ihn.

„Er ist ein *sehr* berühmter Rockstar", warf Laila ein. „Wir haben denselben Dad."

Carol tätschelte Lailas Arm. „Dein Verlust tut mir so leid."

„Danke. Kannst du ein Bild von uns machen?" Sie reichte ihr ihr Handy.

Pflichtbewusst machte Carol ein Foto. Laila sah es sich mit breitem Lächeln an.

„In Ordnung", sagte Carol und winkte sie herein. „Steht nicht einfach nur da herum, setzt euch."

Und damit ging sie. So viel zum Thema die Starbehandlung zu bekommen. Er setzte sich Laila gegenüber in eine Nische am vorderen Fenster. Einige Kunden sahen zu ihnen hinüber, doch niemand kam.

„Schick mir dieses Foto", sagte er ihr. Er gab ihr seine Handynummer, und sie schickte es ihm. Er stellte sein Handy damit zum ersten Mal seit Tagen wieder an. Er hatte einen ganzen Haufen Sprachnachrichten, Texte und Mails, die er ignoriert hatte. Diese Reporterin, Ellie, hatte ihn gesucht. Er wusste einfach, dass sie noch einmal wegen dieses missglückten Antrags an Christina nachhaken wollte, und er war nicht bereit, in diese Richtung zu gehen. Er twitterte das Bild von sich und Laika an seine Fans und schrieb dazu „endlich".

Er mochte es, in den Social Media mysteriös zu klingen. Das sorgte für mehr Aufregung. Lailas Finger flogen über ihr Handy, vermutlich kündigte sie ihn an. Ein paar Minuten später kam Carol, um ihre Bestellung entgegenzunehmen.

Nachdem sie sie aufgegeben hatten, fragte Laila Carol: „Könntest du Rick und Sidney sagen, dass Griffin Huntley in der Stadt ist und sich mit uns heute Abend im McGinty's treffen will?" Sie wandte sich an Griff. „Rick ist Carols Enkelsohn. Seine Frau, Sidney Roy, kennst du vermutlich."

Carol schürzte die Lippen. „Ich hätte gar nicht gedacht, dass du dich so gut mit ihnen verstehst. Was hast du vor?"

Laila schnaubte. „Ich glaube nur, dass der größte Popstar der Welt vielleicht meinen Bruder kennenlernen möchte, den größten Rockstar der Welt."

„Ich kenne sie", sagte Griffin. „Kommt sie hierher?"

Carol nickte. „Sie haben mehrere Häuser, aber in Fieldridge sind sie am liebsten."

Griffin trommelte mit seinen Fingern auf den Tisch, ganz

aufgeregt, mit Musikern zu spielen, die er respektierte. „Cool. Ja, ich habe auch schon einige Sachen von ihr mit Rick gehört. Ich würde gerne ein bisschen mit ihnen spielen."

„Sydney macht nicht gerne eine Show zu Hause, es sei denn, für ein offizielles Ereignis", sagte Carol. „Ich werde Rick anrufen. Kann aber nichts versprechen."

Sie ging. Lailas Augen verengten sich. „Was ein Mädchen nicht alles tun muss, um ein wenig Liebe vom Goldkind zu bekommen."

„Magst du Sidney nicht?", fragte Griffin. „Die paar Male, die ich sie getroffen habe, kam sie mir ganz nett vor."

Laila winkte das ab. „Das ist ihre öffentliche Persona. Sie ist wirklich bissig, und ich kann es nicht abwarten, ihr Gesicht zu sehen, wenn sie herausfindet, dass ich deine Schwester bin."

„Von Neid bekommt man Falten", sagte er und zitierte damit Christina. Immer, wenn er sich ein wenig darüber aufregte, dass irgendein Musiker bessere Presse bekam als er oder mehr Konzerttermine, hatte sie ihm dieses kleine Juwel angehängt. Sie wusste, dass er ein wenig eitel war, was sein Gesicht anging. Er versuchte, die Stirn nicht zu runzeln, und trug eine besondere Feuchtigkeitscreme mit Sonnenschutz auf, um seine Haut zu schützen. Niemand stand auf einen alt werdenden Rocker. Sie respektierten ihn vielleicht, doch sie würden sich immer fragen, wann er wohl in Ruhestand ging. Und er hatte nicht vor, in nächster Zeit in Ruhestand zu gehen. Er hatte das Christina gegenüber nur herausplatzen lassen, weil er verzweifelt versucht hatte, ihr zu zeigen, wie ernst er es damit meinte, dass er sich niederlassen würde. Doch jetzt, da er eine Familie gefunden hatte, schien es nicht mehr so dringend zu sein, wie es noch vor wenigen Tagen gewesen war.

Laila schob schmollend ihre Unterlippe vor. „Ich bin nicht neidisch."

„Sag das mal deinem Gesicht."

Gleich flogen ihre Hände an ihr Gesicht und tasteten nach nichtexistierenden Fältchen.

„Reingelegt", sagte er zwinkernd.

Sie lächelte ihn verstohlen an. „Darf ich mit dir angeben?"

„Allmählich habe ich das Gefühl, dass ich hier nichts Besonderes bin. Sie sind Sydney Roy gewohnt."

„Sie wollen nur höflich sein. Komm schon." Sie stand auf, packte seinen Arm und zog ihn von einem Tisch zum nächsten. Sobald sie an einen Tisch kamen, schenkten die Leute ihm den warmen Empfang, den er gewohnt war, schüttelten ihm die Hand, machten Fotos, wollten sein Autogramm. Nette kleine Stadt. Erinnerte ihn an Clover Park, wo seine Ex mit ihrer Familie hingezogen war. Er und Christina besuchten sie regelmäßig wegen seines zweijährigen Neffen, Michael. Er fühlte einen Stich, als er an Christina dachte. Sie hatte auf seiner Mailbox eine Nachricht hinterlassen, in der sie zu erfahren verlangte, wo er war, doch sie klang immer noch wütend. Er war sich nicht sicher, was er ihretwegen tun sollte. Sollte er die ganze Sache mit der Hochzeit fallen lassen? Vielleicht hatte sie recht, und sie brauchten kein Stück Papier. Doch ein Teil von ihm wollte wissen, dass sie für immer ihm gehörte. Sie saßen in diesem Muster fest, indem er drängte und sie sich zurückzog. Vielleicht musste er diese verrückte Fahrt einfach hinter sich und es gut sein lassen.

Laila zog ihn an den nächsten Tisch und riss ihn damit aus seinen melancholischen Gedanken. Er würde jetzt einfach seinen Spaß haben. Vielleicht war Laila die Familie, nach der er so lange gesucht hatte. Die einzige Familie, die er wirklich brauchte.

～

LAILA HATTE den Spaß ihres Lebens. Alle liebten ihren Bruder, und sie kam sich richtig tough vor, weil sie seine schwarze Lederjacke trug. Er hatte sogar ein Bild von ihnen beiden getwittert, und es bekam alle möglichen Arten von Aufmerksamkeit. Sie hatte das Gefühl, endlich jemand zu sein, und selbst, wenn es nur war, weil sie im Glanz von Griffin Huntley stand, fühlte es sich gut an. Er schien sie auch zu mögen. Lag vermutlich an der Blutsverwandtschaft. Sie kamen offensichtlich beide nach ihrem Dad.

Nach dem Abendessen gingen sie hinüber ins McGinty's. Als sie mit ihrem Essen fertig gewesen waren, hatte Carol ihnen berichtet, dass Sidney und ihre Freundinnen – Jade, Amy und Peyton – mit ihren Männern ebenfalls da sein würden. Sydneys kleine, eingeschworene Clique von Freundinnen, war ganz eifrig, Griffin kennenzulernen.

Mit einem zufriedenen Gefühl betrat sie die überfüllte Bar. Es war Montagabend, die große Menge an Gästen musste also mit ihrem Bruder zusammenhängen. Gerüchte verbreiteten sich immer schnell in einer Kleinstadt. Die Tische im kleinen Sitzbereich waren gefüllt, die drei Billardtische hinten waren besetzt, und an der Bar, die groß genug war, dass fünfzig Leute sich setzen konnten, waren nur ein paar Hocker unbesetzt. Sie entdeckte Sidney und Rick an der Bar, wo sie mit Jade, Amy, Peyton und deren Ehemännern saßen. In der Highschool hatte sie die engen Bande dieser Frauen beneidet. Sie waren fast wie Schwestern, etwas, nach dem Laila sich immer gesehnt hatte. Doch jetzt schaue man sich nur einmal sie an! Sie hatte einen Bruder. Und nicht irgendeinen Bruder. Den berühmten –

„Ah! Das ist Griffin Huntley!", kreischte Sydney und hüpfte von ihrem Barhocker.

Griffin warf seinen Kopf zurück und lachte. „Das ist Sydney Roy!"

Die beiden umarmten sich, dann holte Sydney ihr Handy heraus und machte ein Selfie von ihnen beiden, wie sie mit ihrem Superstarlächeln in die Kamera strahlten. Sydney sah schön aus mit ihren glänzenden, glatten blonden Haaren, den dunkelblauen Augen und der makellosen cremigen Haut.

Laila reagierte gereizt. Eine Menschenmenge formte sich um Griffin und drängte ihn immer weiter fort, als weitere Leute hinzukamen und ein Stück von ihm wollten. Ein Kloß formte sich in ihrer Kehle. Sie hatte gedacht, dass es dieses Mal anders sein würde, doch da war sie schon wieder im Abseits der Clique.

„Laila!", rief Griffin. „Wo ist sie denn hin?" Die Menge teilte sich, und da war er – der größte Rockstar der Welt und ihr neugefundener großer Bruder – und sah sie geradewegs an, als wäre sie wichtig.

Er kam zu ihr. „Ich habe gerade die einzig wahre Laila Colton kennengelernt", verkündete er der Menge, dann legte er einen Arm um ihre Schulter. „Meine Schwester. Sie sollten Sie mal Gitarre spielen hören."

Sie errötete zu gleichen Teilen vor Stolz und vor Scham.

Sydney neigte den Kopf. „Ich habe schon von Carol gehört, dass ihr verwandt seid, was überraschend ist, aber doppelter Hammer: du spielst auch?"

„Du meinst wohl, du bist die Einzige, die sich mit Musik auskennt", blaffte Laila.

„Fältchen", flüsterte Griffin in ihr Ohr.

„Da ist ja die Laila, die wir kennen und lieben", sagte Sydney und sah ihre Freundinnen an, die wissend nickten.

„Entschuldige", murmelte Laila leise.

Sydney legte eine Hand an ihr Ohr. „Was hast du gesagt?"

Laila kochte innerlich. Sie wusste, dass Sidney nur versuchte, ihr eine verdammte Entschuldigung zu entlocken. Und wo war ihre Entschuldigung dafür, dass sie sie jahrelang behandelt hatte, als wäre sie ein Mensch zweiter Klasse? Griffin drückte ihre Schulter.

„Alte Gewohnheit", sagte Laila anstatt einer Entschuldigung. „Unser Dad hat uns beiden das Gitarrespielen beigebracht. Ich bin nicht annähernd auf Griffins Niveau –"

„Sie singt wie ein Engel", sagte Griffin und hob eine Hand gen Himmel. „Purer Soul."

Alle starrten sie überrascht schweigend an.

Ihre Wangen brannten, als sie sich an das peinliche Mal erinnerte, dass sie für das Vorsingen ihrer Highschool-Talent-show vor Sydney gesungen und so richtig versagt hatte. Sie hatte versucht, es mit ein paar schicken Tanzmoves zu kaschieren, doch vor Scham wäre sie beinahe gestorben wegen ihrer eigenen erstickten, schiefen Stimme.

Rick, Sydneys großer, dunkler und muskulöser Ehemann, trat vor und klopfte Griffin auf die Schulter. „Hey, Mann, wir würden dich heute Abend gern spielen hören." Er wandte sich an Laila. „Dich auch."

Sie dachte nicht, dass sie vor Leuten, die sie kannte, würde auftreten können, vor allem nicht vor Sydney, Rick und Griffin, die so talentiert waren. Und nicht nur das, wegen Lailas heimlichen Neids auf Sydneys Charisma auf der Bühne hatten sie und Sydney in der Vergangenheit nicht viel miteinander geredet, auch, weil es Sydney nicht gefallen hatte, dass ihr Schwarm in der Highschool Laila ihr vorgezogen hatte. Das, kurzgefasst, war das Problem in Kleinstädten. Eine Vergangenheit, die einem immer ins Gesicht schlug.

„Das werden wir", sagte Griffin und antwortete für sie beide. „Doch erst einen Drink. Das war eine furchtbare Woche."

Nachdem sie eine Stunde im Glanz ihres Bruders verbracht hatte, merkte Laila tatsächlich, dass sie es genoss, mit allen zusammen zu sein. Sie kam sich immer noch ein wenig wie eine Außenseiterin vor, verstand manche Insider nicht, doch da Griffin sie ganz mühelos immer wieder in ihre Unterhaltung miteinbezog, blieb sie im inneren Kreis.

Griffin trank sein Bier zu Ende und stellte die leere Flasche auf den Tresen. Er drehte sich zu ihr um. „Bereit zu spielen?"

Sie versteifte sich. Sie würde eine Menge mehr brauchen als nur einen trockenen Martini, damit sie vor der Menschen-menge ihrer Heimatstadt spielte. „Mich möchten sie nicht hören."

„Und ob sie das wollen. Das würde jeder wollen."

„Sie möchten nur dich hören. Vielleicht könntet du und Sidney ja spielen."

„Ich habe so das Gefühl, dass Sydney nicht ganz so auf Aufmerksamkeit steht wie ich." Er schenkte ihr ein verschmitztes Lächeln, das sie mit einem Lächeln erwiderte.

„Ich habe aber meine Gitarre nicht dabei", sagte sie.

„Du könntest auf meiner spielen. Mir ist aufgefallen, dass Dad uns die gleiche geschenkt hat. Nur *er* würde einen Haufen Geld für eine Martin Gitarre ausgeben und sie dann ein paar Fünfjährigen schenken."

Ihre Kehle verengte sich. Sie hatte den Wert ihrer Gitarre gekannt und sie ihr ganzes Leben wie einen Schatz gehütet. „Ich bin nicht …" Sie sprach nicht weiter. *Gut genug.* Im Vergleich zu ihm oder Sydney oder Rick oder ihrem Dad war sie nichts. Ihr fehlte das „Etwas".

„Nicht was?"

Sie zwang sich zu lächeln. „Nicht bereit. Geh du nur. Du bist derjenige, über den sich alle so freuen."

Seine haselnussbraunen Augen, die so sehr waren wie ihre, brannten in ihre. „Niemand hat die Musik deiner Seele. Nur du kannst der Welt das bringen. Und *ich sage dir*, es lohnt sich, sie mit ihnen zu teilen."

Sie blinzelte rasch, war tief gerührt von seinen Worten, die einen solchen Glauben an sie zeigten, wie unbegründet auch immer der war. Sie hatte nicht das, was dafür nötig war, und das wusste sie. „Geh du." Sie drehte sich zu der Gruppe um, die in der Nähe saß, Sydney und ihre Freunde, und sagte: „Hey, Leute, Griffin braucht eine kleine Ermunterung, um da hochzugehen und zu spielen."

Griffin warf ihr einen Blick zu.

Sydney legte ihre Hände um den Mund, damit man ihre Stimme besser hörte, und rief dann „Griff-in, Griff-in!"

Bald schon sang der ganze Raum den Namen ihres Bruders, und Laila war mächtig stolz darauf. Griffin erhob sich lächelnd, und der Raum brach in Applaus aus. Zu ihrer Überraschung küsste er sie auf die Wange. „Meine Fans warten."

Er nahm sich seine Gitarre und ging in die Mitte des Raumes. Jemand brachte ihm einen Holzstuhl. Er zog seine Gitarre aus der Hülle und stimmte sie. In der Bar wurde es vollkommen still.

Sie sah zu Sidney hinüber, die lächelte. Sie erwiderte das Lächeln und wandte den Blick rasch ab, die plötzliche Freundlichkeit war ihr unangenehm. Die ersten Noten von Griffins berühmtestem Song, „Crazy Thing", waren zu hören, doch dann hörte er plötzlich auf und ließ den Kopf hängen. In der Menge brach Geflüster aus. Etwas stimmte nicht.

Laila eilte zu ihm. „Was ist denn los? Hat dich der heutige Tag mit Dad und allem eingeholt? Das ist okay. Ich werde ihnen sagen, dass du eine Pause brauchst." Er sah ihr in die Augen, und der Schmerz, den sie da entdeckte, packte ihr Herz. „Was ist?"

Er schüttelte den Kopf. „Das Lied kann ich nicht spielen."

„Spiel ‚Up on Top of the World'." Das war ein rockiges Lied mit einem sich steigernden Refrain, von dem sie sich sicher war, dass die Menge mit einstimmen würde. Das brauchte er.

„Ja. Okay. Könntest du dich bitte da rechts hinstellen?" Er zeigt dorthin, wo er sie haben wollte. „Genau da. Ich muss da jemanden stehen haben."

„Okay!" Die Bitte war merkwürdig, doch sie stellte sich hin, wo er sie haben wollte.

„Danke", sagte er, dann stimmte er den Song an, bei dem bald schon alle auf ihre Füße sprangen und den Refrain mit ihm rauf und runter sangen. Er lächelte, während er spielte, und auch ihre Stimmung hob sich damit. Sie war sich sicher, dass selbst der großartige Ron Colton mit ihnen mit gelächelt hätte.

Sidney kam und machte ein paar Bilder von Griffin,

während er spielte und Laila geradewegs ansah, die sich
beide anlächelten. Es mochten Lailas einzige fünfzehn
Minuten Ruhm sein, doch das war egal, sie hatte die beste
Zeit ihres Lebens.

Und am nächsten Morgen war sie äußerst erfreut darüber,
als sie sah, dass sich das Bild von ihr und Griffin überall im
Internet verbreitet hatte. Die Leute fragten online nach ihr.
Fragten sich, wer sie war und ob Griffin mit ihr zusammen
war. Sie liebte das Geheimnis, seine Halbschwester zu sein. Er
hatte versprochen, den Tag mit ihr zu verbringen und zuzu-
lassen, dass sie mit ihm angab, wenn sie noch ein paar ihrer
Lieder mit ihm spielte. Das war ein fairer Deal. Solange sie
nur privat spielen musste. Endlich schien einmal in ihrem
Leben alles richtig zu laufen.

Doch zuerst musste sie angeben.

Am nächsten Tag hielt sie den Arm ihres Bruders, trug
wieder seine schwarze Lederjacke, weil er darauf bestand,
und sie schlenderten über den Gehweg im Zentrum von Eastman, wo sie arbeitete. Aus irgendeinem Grund hatte er ein
Problem mit ihren gewöhnlichen Outfits, und er wollte, dass
sie sich mit seiner übergroßen Jacke bedeckte. Sie hatte einen
guten Körper, vermutlich war das ihr bester Besitz, und sie
hatte keine Angst davor, damit anzugeben. Es war irgendwie
niedlich von ihm, dass er den besorgten großen Bruder
spielte. Es war ein außergewöhnlich milder Wintertag, und
der noch liegende Schnee begann zu schmelzen. Für Griffin
schien es in Ordnung zu sein, dass er seinen eigenen grauen
Hoodie als Jacke trug. Sie sah den Leuten in die Augen und
lächelte alle an, denen sie auf ihrem Weg in einer glücklichen
kleinen Blase, die sie ihrem berühmten Bruder zu verdanken
hatte, begegneten.

Und dann platzte ihre Blase, als eine zierliche Brünette mit
raspelkurzen Haaren plötzlich vor ihnen stehen blieb und
ihre überraschend blauen Augen wie Dolche auf Laila
einstachen.

„Du hast dich mit dem falschen Typen eingelassen", spuckte die Frau mit harschem New Yawk Akzent aus und verpasste Laila eine Ohrfeige.

Der Schlag triggerte jeden Kampfinstinkt, den Laila besaß. Niemand kam damit durch, wenn er sie so behandelte. Sie war Griffin Huntleys Schwester! Sie war jemand! Sie packte die Frau an den Haaren, bekam vage mit, dass ihr Bruder etwas rief und gestikulierte, doch es war alles verschwommen, als sie sich mit der kleineren Frau mit Krallen, Haareziehen und Kreischen auf dem Gehweg rollte.

5

Christina wurde ihr Fehler erst klar, als ihr Hintern auf dem Asphalt des Gehwegs landete. Doch jetzt, da sie mitten im übelsten Mädchenkampf ihres Lebens steckte, war nicht die rechte Zeit, etwas anderes zu tun, als sich um die Oberhand zu bemühen und zu versuchen, sich nicht die Augen auskratzen zu lassen. Sie rollten vor einem Diner übereinander, und sie hoffte, dass niemand Bilder von ihrem Kampf machte. Ihr weißer Wollmantel war vermutlich jetzt so dreckig, dass man ihn nicht mehr retten konnte, doch das Gefühl der Lederjacke ihres eigenen Freundes, die gegen ihre Wange traf, als die andere Frau an ihren Haaren zog, gab ihr neue Kraft. Der Antrag war erst vier verdammte Tage her, und er hatte bereits eine schöne Brünette, die auch noch seine Jacke trug!

Christina stieß sich ab und sorgte dafür, dass sie näher zur Tür des Diners rollten, während sie sich darum bemühte, auf die Frau zu kommen. Entweder würde sie sterben, weil ihr die Tür an den Kopf gerammt werden würde, oder diese Spinnerin würde ihr den Rest geben. Die Nägel der Frau krallten sich in Christinas Hals und verursachten mit Sicherheit eine klaffende Wunde. Irgendwie schaffte

Christina es, auf die Frau zu kommen, und sie hielt ihre Handgelenke über ihren Kopf, indem sie ihr ganzes Gewicht darauflegte.

„Runter von mir, du Psycho!", spuckte die Frau aus. Für einen Moment war Christina überrascht, als sie den merkwürdig vertrauten haselnussbraunen Augen begegnete, was der Frau genügend Zeit verschaffte, um ihre Handgelenke zu befreien und sich unter ihr herauszuholen.

Die Frau stand auf und sah sie finster an. Sie hatte einen kleinen rosa Handabdruck auf ihrer Wange, wo Christina sie geschlagen hatte. Im Nachhinein dachte sie, dass sie vermutlich stattdessen Griff hätte schlagen sollen. Vier ganze Tage lang kein Wort von ihm, er hatte ihre Sprachnachrichten ignoriert, und dann taucht er plötzlich mit zwei schönen Frauen in den Klatschzeitschriften auf. Den Popstar Sydney Roy hatte sie erkannt. Sydney war verheiratet, das hieß aber in der Musikwelt nicht so viel wie im realen Leben. Und dann noch *die hier.* Diese sexy junge Brünette hatte gelächelt und bei einem spontanen Auftritt mit Christinas Mann auf Christinas Platz gestanden. Griff selbst hatte bei Twitter „endlich" dazugeschrieben, als wäre er mit der Liebe seines Lebens wiedervereint. Auf der Fahrt hierher hatte sich ihre Wut mit alarmierender Geschwindigkeit gesteigert. Natürlich waren auch die ständigen Nachrichten ihrer Mom, in denen sie fragte, *Wer ist diese umwerfende Frau bei deinem Griffin?* nicht gerade hilfreich gewesen.

Ihr Atem kam angestrengt, und ihre Hände waren zu Fäusten geballt. Diese Lederjacke an einer anderen Frau trieb sie in den Wahnsinn! Wieder streckte sie die Hand aus und packte den Ärmel, um ihn von der Frau zu ziehen, als starke Arme sich um sie legten und sie weg und zurück auf den Gehweg zogen.

Griffs Arme hielten Christinas an ihren Seiten fest. Sie war so erleichtert, wieder in seinen Armen zu sein, dass das Kampfgefühl sie verließ. Die größere Frau trat vor sie auf den

Gehweg und sah sie weiterhin finster an. Christina knirschte mit den Zähnen.

„Lass sie los, Griffin", knurrte die Brünette. „Ich werde schon mit ihr fertig."

Griff meldete sich mit merkwürdig fröhlicher Stimme zu Wort. „Laila, ich würde dir gern Christina vorstellen, das einzig wahre Crazy Thing in meinem Leben. Christina, das ist meine Halbschwester, Laila."

Eine ungewöhnliche Röte brannte auf Christinas Wangen. Wer war jetzt der Idiot? Doch woher hätte sie das wissen sollen? Griff hatte nie eine Schwester erwähnt. Er hatte immer gesagt, er hat keine Familie. Moment mal.

Sie riss sich von Griff los und drehte sich zu ihm um. „Woher weißt du, dass sie deine Schwester ist?"

Er glättete ihre Haare, die vermutlich durch diese Teufels-brut in alle Richtungen standen. „Hat sie mir gesagt."

„Sie hat es dir gesagt? Ernsthaft?" Er konnte unmöglich so naiv sein. Jeder wollte ihm wegen seines Ruhms nahe sein.

Er nickte. „Und sie kennt die gleichen Lieder wie ich. Von unserem Dad."

„Wie zum Beispiel?"

„Brown Eyed Girl."

„Das kennt doch jeder!" Christina drehte sich um und sah die Frau, die behauptete, mit Griff verwandt zu sein, mit verengten Augen an. „Ich möchte Ihre Geburtsurkunde sehen. Irgendein Dokument. Vielleicht einen DNA-Test."

„Sie sind *wirklich* verrückt", sagte Laila und zog Griffs Lederjacke auf einer Schulter wieder zurecht.

„Sie werden nicht eine weitere Minute mit ihm verbrin-gen, bis Sie bewiesen haben, wer Sie sind!", bellte Christina.

Laila zog ihr Portemonnaie aus der Handtasche und daraus ihren Führerschein. „Sehen Sie? Laila Colton. Unser Dad ist Ron Colton."

Christina wandte sich an Griff. „Dein Dad ist Ron Colton?

Von den White Lions und den Chilies and the Deaf Trombones?"

„Ja", sagte Griff ruhig.

„Warum hast du mir das alles nie erzählt?", fragte Christina.

Griffs Mund formte eine flache Linie. „Mein Dad und ich haben uns nicht nahegestanden."

Christina starrte ihn einen Moment lang an. Ron Colton war für seine Talente als großartiger Gitarrist bekannt. Griff hatte in drei Jahren nicht einmal diese Verbindung oder die zu einer Halbschwester erwähnt. Was noch hatte er ihr nicht erzählt?

Griff schüttelte seinen Kopf. „Ich fasse es nicht, dass du meine Schwester geschlagen hast."

„Was sollte ich denn denken?", schrie Christina. „Sie trägt deine Jacke." Sie drehte sich zu Laila um. „Sie ist jung und schön! Sie hat meinen Platz eingenommen, als du gespielt hast!" Ihre Augen brannten von einem peinlichen Andrang von Tränen.

Laila schenkte ihr ein kleines Lächeln. „Sie halten mich für schön?"

„Sie sind bezaubernd", spuckte Christina aus.

Laila wandte sich an Griff. „Ich mag sie."

Griff verzog das Gesicht. „Großartig. Dann könnt ihr ja jetzt beste Freundinnen sein. Warum müssen die Frauen in meinem Leben verrückt sein?"

„Hey!", sagten Christina und Laila gleichzeitig.

„Tut mir leid, dass ich dich geschlagen habe", sagte Christina zu Laila. „Ich hätte ihn schlagen sollen."

„Hey!", protestierte Griff.

Christina drehte sich auf der Stelle um und rückte nun gegen Griff vor. „Vier Tage habe ich darauf gewartet, etwas von dir zu hören." Sie stieß ihm gegen die Brust, und er wich zurück. „Vier Tage lang hast du meine Nachrichten ignoriert." Ein weiterer Stoß, und er wich gegen die Wand des

Diners zurück. „Ich muss dich mit zwei schönen Frauen sehen. Oh ja, ich habe dich mit Sydney Roy gesehen. Und dann die Schlagzeilen, dass du deine Freundin nach deinem Antrag betrügst. Kein Wort von dir! Was denkst du, wie ich mich dabei fühle?"

„Du sagtest, wir machen eine Pause", sagte Griff in ausgeglichenem Tonfall, der sie in Rage brachte.

Laila stieß zischend einen Atem aus.

„Ich sagte, wir sollten uns eine Weile nicht sehen, damit wir nachdenken können!", schrie Christina.

„Sorry, Babe", sagte Griff. „Meine Mailbox war voll mit Anrufen dieser *Savage Release* Reporterin, deswegen habe ich nicht weiter abgehört."

„Ich weiß! Du hast ein Interview diese Woche einfach komplett sausen lassen. Sie hat mich auch angerufen. Griff, hast du überhaupt eine Ahnung, was du mir in den vergangenen vier Tagen angetan hast?"

„Heißt das, du willst mich heiraten?", fragte er und machte sie damit nur noch mehr wütend.

„Das heißt, ich hätte gern von dem Mann etwas gehört, mit dem ich die letzten drei Jahre zusammengelebt habe!" Sie hatte das Gefühl, gegen eine Wand zu reden. Wie sollten sie jemals einen Schritt vorwärts machen, wenn Griff so mit seiner Heirate-mich-Platte festhing?

„Ich habe ein wenig neben mir gestanden", sagte Griff.

„Ein wenig neben dir gestanden?", echote Christina, die sich so an ihn gepresst vollkommen hineinsteigerte.

„Unser Dad ist gestorben", sagte Laila leise.

Mit einem Whoosh verflog alle Wut. Sie drehte sich zu Laila um. „Das tut mir so leid. Das wusste ich nicht." Jetzt fühlte sie sich noch schlechter, dass sie sie geschlagen hatte. Sie wandte sich an Griff. „Bist du deswegen hier?"

„Ja." Er blickte in die Ferne. „Ich bin gekommen, um mich zu verabschieden."

Sie legte ihre Arme um ihn, und er erwiderte die Umarmung. „Es tut mir so leid. Siehst du, genau deswegen solltest du mir Dinge erzählen. Warum hast du mich nicht angerufen? Das musstest du doch nicht allein durchstehen."

„Ich dachte, du wärst durch mit mir", sagte Griff heiser.

„Bin ich nicht", sagte sie über den Kloß in ihrer Kehle.

Laila meldete sich zu Wort. „Heißt das, dass du jetzt abreist?"

„Wir könnten schon noch eine Weile hierbleiben, richtig, Babe?", fragte Griffin. „Es wäre cool, wenn ich meinen Geburtstag mit meiner Familie feiern könnte."

In Gedanken ging Christina Griffs Zeitplan durch. Zwischen seinen Auftritten hatte er eine Weile frei, da sie vorgehabt hatten, seinen Geburtstag in einem Resort in Mexiko zu verbringen. Doch, was zum Teufel sollte es schon, wie oft bekam Griff die Chance, seinen Geburtstag mit einer lange verlorenen Schwester zu verbringen? Sie musste schon zugeben, sie sah die Ähnlichkeit – dieselben haselnuss-braunen Augen, die anbetungswürdige Nase und ein küss-barer Mund. Nicht, dass sie Laila küssen wollte.

„Er hat am siebzehnten Geburtstag", sagte Christina zu Laila. „Das sind keine zwei Wochen mehr. Meinst du, du kannst uns so lange ertragen?"

Lailas Gesicht erhellte sich mit einem Lächeln. „Das fände ich toll! Wir könnten eine große Party draus machen. Griff, möchtest du auftreten? Ich weiß, dass jeder in der Stadt dich wahnsinnig gerne hören würde."

Griff drehte sich zu Christina um. „Was meinst du?"

„Ist ein sehr kleiner Ort dafür", erwiderte Christina und sah sich in der kleinen Stadt um.

„Er könnte im Greenport Theater spielen", sagte Laila. „Da hatte unser Dad seinen ersten großen Auftritt."

„Lass uns das mit einem wohltätigen Anlass verknüpfen", sagte Christina. „Alles, was er macht, bekommt Presse, und wir wollen nicht, dass sich herumspricht, dass er kostenlose Konzerte gibt."

„Ich werde die Einnahmen an Horizon Village spenden", sagte Griff. Das war die betreute Wohngemeinschaft für Erwachsene mit Down-Syndrom, in der der Bruder seiner Ex lebte. Es gefiel ihr, dass Griff einen Treuhandfonds für den Bruder seiner Ex eingerichtet hatte. Es erinnerte sie immer daran, dass, ganz egal, wie chaotisch Beziehungen mit Griff waren, er immer noch sein Herz am rechten Fleck hatte.

„Gibt es irgendwelche Hotels in der Stadt?", fragte Christina Laila.

„Ich habe eine Hotelsuite ungefähr eine Stunde von hier", sagte Griff.

„Ich könnte mal in Fieldridge nach etwas zur Miete fragen", sagte Laila. „Manchmal sind die Villen auf dem Hügel die zweiten oder dritten Wohnsitze von irgendwelchen wohlhabenden Leuten, und sie vermieten sie, wenn sie nicht verkaufen können."

Ein paar Stunden später machten Christina und Griff es sich in ihrem neuen Mietshaus, einem großen Nurdachhaus aus Holz und Glas, gemütlich, das sich ganz oben auf den Hügel drückte, vorne komplett verglast war und einen umwerfenden Blick auf die malerische Stadt bot. Die Wohn- zimmermöbel waren ungezwungen und rustikal – zwei beigefarbene Sofas, zwei passende Polsterstühle und Beistell- tische aus Holz – so arrangiert, dass man sowohl die Aussicht auf der einen Seite als auch den riesigen Kamin daneben genießen konnte.

Griff ging in die Küche mit den dunklen Kirschholz- schränken und Edelstahlgeräten und begann, sich neugierig um zu sehen. Seine schwarze Lederjacke hatte er jetzt – dank Christinas hilfreicher Erinnerung – von Laila zurückbekom- men, die jetzt ihre eigene dunkelgrüne Daunenjacke mit Kunstpelz an der Kapuze trug.

Christina dankte Laila für ihre Hilfe und begleitete sie zur Tür, lud sie aber ein, zum Abendessen zurückzukommen.

„Das würde ich gern", sagte Laila strahlend. „Ich bringe

was zu essen mit, dann müsst ihr euch nicht ums Kochen kümmern." Dann verengte sie die Augen und flüsterte wütend: „Und glaub mal nicht, dass ich diesen Schlag vergessen werde", dann wirbelte sie herum und sorgte für einen dramatischen Abgang, indem sie die Tür hinter sich zuknallte.

Christina lächelte vor sich hin. Sie mochte dieses Mädchen wirklich.

LAILA FUHR NOCH ein wenig durcheinander von den Ereignissen des Tages zurück zu ihrem Apartment. Sie war sich nicht sicher, was sie von Christina halten sollte. Einerseits hatte die Frau ihr ein Kompliment gemacht. Andererseits diese Ohrfeige! So unverschämt! Seit der Highschool hatte sie sich nicht mehr geprügelt.

Sie bog in ihre Straße und stellte fest, dass der weiße Mercedes ihrer Mom in der Einfahrt stand. Das war merkwürdig. Normalerweise kam sie nicht vor sieben oder 8:00 Uhr abends nach Hause. Es war erst halb fünf.

Sie parkte in der Straße vor ihrem Haus und ging zur Einfahrt.

Ihre Mom stieg aus dem Wagen. „Hallo", sagte sie in ihrem üblichen schroffen Tonfall. Sie trug ihre weiße Daunenjacke, doch anstatt der maßgeschneiderten Hose und der hohen Absätze hatte sie eine graue Trainingshose und Stiefel an.

Laila blieb vor ihr stehen. Ihre Mom trug auch kein Make-up, und ihr sonst immer perfekt glattes braunes Haar war zerzaust. „Bist du krank?"

„Nein, ich habe mir einen Tag freigenommen. Ich … brauchte einfach etwas Zeit. Können wir hineingehen?"

„Klar." Sie ging voran in ihr Apartment, zog sich die Jacke aus, die nicht annähernd so tough wirkte wie die ihres

Bruders – verdammte Christina – und setzte sich auf ihr Sofa.

Ihre Mom setzte sich geziert auf den Stuhl mit dem bestickten Blumenkissen. Sie blinzelte, schüttelte den Kopf und zog ihre Handtasche auf den Schoß. „Kommen wir zum Geschäftlichen."

„Geschäftlichen?", echote Laila.

„Ja. Einer der Musikerfreunde deines Vaters hat mir gestern eine Kiste mit seinen Sachen dagelassen. Offensichtlich hat dein Dad oft bei diesem Typen im Apartment übernachtet und einige Dinge dagelassen."

„Wo ist diese Kiste? Was war drin?"

Ihre Mom biss sich auf die Lippe. „Hauptsächlich Bilder. Ein paar Kleinigkeiten aus der Zeit, als er und ich uns kennengelernt haben …" Ihre Unterlippe zitterte.

Laila ging zu ihr und zog sie seitlich in eine Umarmung. Ihre Mom tätschelte ihren Arm und löste sich von ihr. „Scheinbar hat er dir Geld hinterlassen."

Laila setzte sich mit einem dumpfen Geräusch aufs Sofa. „Ich dachte, er besäße keinen Penny."

„Das war auch so. Doch vor zehn Jahren hat er eine Lebensversicherung abgeschlossen und dich als einzige Nutznießerin eingetragen." Sie zog einen dicken Umschlag aus ihrer Handtasche und reichte ihn ihr. „Er hat dir fünfhunderttausend hinterlassen."

Laila öffnete den Umschlag mit einer zitternden Hand und überflog rasch die Police. Whoa. Das war genug Geld, um irgendwo auf der Welt einen Neustart in Angriff zu nehmen. Genug, um ihr eigenes Haus zu kaufen. Es einzurichten, wie immer sie wollte, vielleicht sogar für einen Garten und einen Hund. In ihrer derzeitigen Wohnung waren keine Haustiere erlaubt.

Ihre Mom fuhr fort und tupfte mit einem Tuch über ihre Augen. „Sein Freund, Mike, sagte, dass er dir im Tode etwas

Gutes tun wollte. Selbst wenn er dir im Leben nichts zu geben hatte."

Tränen brannten in ihren Augen. Hätte ihr Dad doch bloß verstanden, dass sie nur ihn wollte, kein Geld. Ihr hatte nie viel an Geld gelegen. Musik war ihre Leidenschaft. Das Einzige, was für sie jemals eine Rolle gespielt hatte. Und das alles nur seinetwegen.

Natürlich würde sie das Geld jetzt auch nicht ablehnen. Das Gefühl, am Ende des Monats kein Geld mehr zu haben, bevor der nächste Gehaltsscheck kam, war ihr ein wenig zu vertraut.

„Wirst du deinem Bruder seinen Anteil geben?", fragte ihre Mom.

Ihre Finger verkrampften sich auf dem Papier. „Anteil?"

„Erscheint mir nur richtig. Ich weiß nicht, warum er nicht beteiligt wurde, aber normalerweise hinterlässt man allen Kindern zu gleichen Teilen sein Erbe."

„Vielleicht wusste er, dass Griff das Geld nicht braucht." Ihr Bruder war ein Superstar.

Ihre Mom stand auf und schürzte die Lippen. „Nun ja, du musst natürlich tun, was du für richtig hältst."

Sie ging eilig davon und ließ Laila dort sitzen, deren Gedanken im ganzen Raum wie Pingpongbälle umherhüpften. Was war das Richtige? Wenn sie Griffin von dem Geld erzählte, wäre er dann verletzt, dass er von dem einzigen Erbe, dass ihr Dad hinterlassen hatte, ausgeschlossen worden war? Sie an seiner Stelle wäre es. Doch wenn sie es ihm nicht erzählte, würde sie ihn damit um sein rechtmäßiges Erbe betrügen? Schließlich war er der Ältere, er hätte rechtmäßiger Weise *etwas* erben sollen.

Sie wusste nicht, was sie tun sollte, deswegen tat sie, was sie immer in einer schwierigen Situation tat – versteckte es, um sich später darum zu kümmern.

———

6

Christina nahm noch eine Gabel voll Hähnchen-Pie. „Das Essen ist wundervoll. Vielen Dank, dass du das mitgebracht hast."

„Gern geschehen", murmelte Laila von ihrem Platz ihr gegenüber am Küchentisch des neuen Mietshauses. „Das ist aus dem Diner, wo ich arbeite."

Etwas stimmte nicht mit ihr, dachte Christina. Das ganze Abendessen über hatte sie so zahm und gedankenverloren gewirkt, gar nicht die wütende, feurige Frau, die sie früher an dem Tag kennengelernt hatte.

„Ich denke, wir sollten nach dem Konzert Leute zum Feiern hierher einladen", sagte Griff, nachdem er seinen bestellten Hackbraten, den Kartoffelbrei und die grünen Bohnen aufgegessen hatte.

„Möchtest du alle Konzertbesucher einladen?", fragte Christina. „Ich glaube nicht, dass wir alle passen."

„Nee", sagte Griff. „Nur ein paar VIPs. Vielleicht rufe ich die Jungs aus meiner alten Band an. Laila natürlich."

Das ließ Laila strahlen.

„Nur Musikerfreunde", sagte Griff. „Ich möchte mit Leuten zusammen sein, die die Musik spüren. Vielleicht können wir Laila ja dazu bringen, mit uns auf ihrer Gitarre zu jammen."

Christina drehte sich zu Laila um. „Ich würde dich gern spielen hören."

Laila schüttelte den Kopf. „Ich bin überhaupt nicht gut."

Griff hob eine Hand. „Hör nicht auf sie, Chris. Sie hat Musik in ihrem Blut."

Laila wurde plötzlich furchtbar rot, stand abrupt auf und ließ ihren halben Hähnchen-Pie auf dem Teller. „Ich sollte jetzt gehen. Ich lasse euch beide allein."

„Wir reden darüber", sagte Christina. „Bald, okay?"

Laila ging rückwärts aus dem Raum, wirbelte dann herum und eilte zur Tür hinaus. „Bye!"

Christina wandte sich an Griff. „Ist sie dir auch anders vorgekommen?"

Er zuckte die Schultern. „Vielleicht ist sie müde. Die Beerdigung ist erst einen Tag her."

Stimmt. „Ist sie irgendwie gut?"

„Ja, sie ist gut. Sie hat das Gehör, das Talent, die Leidenschaft. Nur kein Selbstbewusstsein. Ein Musiker, der nicht spielt, ist ein elender Hurensohn."

„Du wirst sie schon geraderücken. Vielleicht kannst du sie dazu bringen, bei einem Song auf deinem Konzert mitzuspielen."

„Ja."

Sie musterte ihn einen Moment, ein wenig überrascht darüber, wie still er sich in Bezug auf den Tod seines Dads verhalten hatte, wenn man bedachte, wie tief er sonst alles empfand. „Wie geht es dir? Geht es dir gut nach der Beerdigung?"

Er stieß einen Atem aus. „Ich fühle mich irgendwie taub. Ich glaube, es ist noch gar nicht richtig bei mir angekommen."

Christina stand auf, ging zu seiner Seite des Tisches und fuhr mit ihren Fingern durch das seidige dunkle Haar unten an seinem Nacken. „Ich bin für dich da."

„Ich möchte jetzt nicht daran denken. Ich möchte nur mit dir zusammen sein." Er stand ebenfalls auf und zog sie an sich, dann strich er mit seinen Händen außen über ihre Beine, über ihre Hüfte und hielt an ihrer Taille an. „Ich liebe es, wenn du diese dünnen, engen Hosen trägst."

Sie lächelte. „Leggins." Sie trug immer schwarze Leggins zu ihrem zu großen violetten Pullover.

„Leggins", wiederholte er und hob sie hoch. Sie legte gleich ihre Arme und Beine um ihn, das Abendessen war vergessen. Seine warmen Lippen strichen über ihre, während er sprach. „Also … ist das jetzt der Teil, in dem wir Versöhnungssex haben?"

„Ich dachte schon, du fragst nie."

Sie küsste ihn leidenschaftlich. Er drehte sich so, dass ihr Rücken an der Wand lag, küsste sie weiter, und die harten Flächen seines Körpers drückten gegen ihre. Sie stöhnte hinten in der Kehle.

Er hob seinen Kopf. „Hier sind zu viele Fenster." Er ging nach oben, trug sie immer noch vorne an sich gepresst. „Ich habe dich vermisst, du verrücktes Ding", murmelte er.

Sie fuhr mit ihren Händen durch sein seidiges dunkles Haar. „Und ich habe dich wie verrückt vermisst."

Sie kamen in das Hauptschlafzimmer, in dem ein riesiges Doppelbett bereits für sie gemacht war. Griff legte sie aufs Bett, zog seine Schuhe aus und kletterte langsam auf sie, dann küsste er sie lang und tief. Er war ein gründlicher Liebhaber, hatte es nie eilig, genoss immer ihre gemeinsame Zeit. Sie schlang ihre Arme um seinen Hals, während er sich zwischen ihre Beine legte. Sie küssten einander lang, dann machte er sich daran, ihren Kiefer und ihren Hals bis hinauf zu ihrem Ohr zu küssen. Mit ihren Fingern fuhr sie über seinen Rücken hinunter und begann, sein T-Shirt hochzuziehen.

Er sprach mit leiser Stimme nahe an ihrem Ohr. „Wie hast du dich entschieden?"

„Hmm …" Sie schob ihre Hände unter sein T-Shirt und

über seinen muskulösen Rücken, liebte seine Hitze und Stärke.

„Du sagtest, du brauchst Zeit, um über uns nachzudenken." Er strich ihr mit einer zärtlichen Geste die Haare aus dem Gesicht. „Wie hast du dich entschieden?"

Sie sah ihm in seine seelenvollen haselnussbraunen Augen. „Ich habe entschieden, dass ich mit dir zusammen sein möchte. Mir liegt nichts an einem normalen Leben."

„Weißt du was, Babe? Das ist okay. Du musst mir jetzt keine Familie mehr schenken. Ich habe jetzt Laila." Er machte sich an ihren Hals, und sie versteifte sich. Er hob seinen Kopf. „Was ist denn los?"

„Was meinst du mit ‚ich habe jetzt Laila'?"

„Ich habe eine Familie. Mehr brauche ich nicht. Wir müssen nicht heiraten, Kinder haben, diese ganze Familiensache."

„Das war's also? Du hast eine Schwester, jetzt brauchst du keine Ehefrau mehr?"

„Worüber bist du denn jetzt so wütend? Ich dachte, du hast gesagt, wir brauchen kein Stück Papier."

Sie drehte den Kopf weg. Was war denn los mit ihr? Das hatte sie gesagt, und bis zu dieser Minute, als Griff sie vom Haken gelassen hatte, war sie sich sicher gewesen, dass es ein riesiger Fehler wäre, wenn sie heirateten. Doch ein Teil von ihr spürte einen großen Verlust.

Sie drückte gegen seine Brust. „Ich möchte aufstehen."

Er rollte sich von ihr herunter. „Ich bin verwirrt."

Sie rollte sich aus dem Bett und stand auf. „Ich auch."

„Sollen wir, ähm, darüber reden?"

Sie drückte eine Hand an ihre Stirn. Es war süß, dass er darüber reden wollte, doch ihre Emotionen waren gerade so durcheinander, dass sie nicht einmal wusste, was sie sagen sollte. „Vielleicht später."

Er stand auf und legte von hinten seine Arme um sie. „Du wirst mich jetzt aber nicht einfach so zurücklassen, oder? Ich habe gerade eine lebhafte Erinnerung an das Jahr mit blauen Eiern, das du mir zugemutet hast, als wir nur befreundet waren."

Sie konnte nicht einmal lachen. Sie riss sich von ihm los und rannte hinaus. Sein lautes frustriertes Ächzen folgte ihr in den Flur.

∼

GRIFFIN VERSUCHTE, an etwas Abkühlendes zu denken, bevor er nach unten zu seiner Gitarre ging. Christina saß am Küchentisch, hatte ihm den Rücken zugedreht und starrte zur hinteren Terrassentür hinaus in die Dunkelheit. Er konnte bei ihr nichts richtig machen. Zuerst zog sie sich von ihm zurück, weil er sie heiraten wollte, und jetzt zog sie sich von ihm zurück, weil er es nicht wollte. Es war ja nicht so, dass er es nicht mehr wollte, doch er hatte nicht das Gefühl, als wäre es noch so dringend. Nicht wie als er noch keine Familie gehabt hatte, der er etwas hinterlassen konnte. Jetzt hatte er Laila. Sie wollte unbedingt lernen und beherrschte bereits ein paar Griffe, die er ihr beigebracht hatte.

Zumindest konnte er, wenn er schon all dieses aufgestaute Verlangen und den Frust hatte, das sinnvoll nutzen. Er setzte sich ins stille Wohnzimmer und spielte, goss sich in seine Musik, und irgendwann zwischen der tiefen Nacht und den ersten Strahlen des Morgengrauens traf ihn die Endgültigkeit des Todes seines Vaters. Er spielte weiter, und die Tränen strömten über sein Gesicht, bis er nichts mehr hatte. Er legte seine Gitarre zurück in die Hülle, ging nach oben und fiel in einen erschöpften Schlaf.

Am Mittag wachte er in einem leeren Bett auf und setzte sich auf. „Chris?"

„Unten!", rief sie. Wenigstens war sie nicht gegangen.

„Ich dusche schnell!", rief er zurück.

Nach seiner Dusche ging er nach unten, wo Christina mit

ihrem Handy auf dem Sofa saß, angezogen und gut ausge-
ruht. Wenigstens einer von ihnen. Er hatte unruhig geschlafen, die Unsicherheit zwischen ihnen gefiel ihm gar nicht, und
vor allem gefiel ihm nicht, dass sie nicht miteinander
geschlafen hatten.

„Geht es dir gut?", fragte sie.

Er nickte. „Ich habe mir mit der Musik einiges abgearbei-
tet. Über meinen Dad."

„Gut, das ist gut."

Er ging in die Küche in der Hoffnung, dort etwas Kaffee
zu finden, und stellte fest, dass eine Kanne auf ihn wartete.

„Ellie bringt ständig Geschichten darüber, dass du jetzt
eine andere Frau an deiner Seite hast", informierte sie ihn.
„Das sind ziemlich große Neuigkeiten nach dem Antrag bei
der Party."

„Großartig", murmelte er. Ellie war die Reporterin vom
Savage Release, der er aus dem Weg gegangen war. Er goss sich
etwas Kaffee ein, nahm einen stärkenden Schluck und drehte
sich dann zu der Frau zurück, die er liebte. „Hast du es Ellie
erklärt?"

Ihre Lippen formten eine flache Linie. „Sie hat mir ein Bild
von dir Backstage bei deinem Kentucky-Konzert geschickt.
Da sitzt eine Frau auf deinem Schoß, und du lächelst sie an.
Ich hatte mir an jenem Abend den Magen verdorben."

Er schüttelte den Kopf. Frauen warfen sich ihm immer an
den Hals. Sie wusste, dass das nichts bedeutete. „Komm
schon. Du kennst mich doch besser."

„Tue ich das?", fragte sie mit einer leisen Stimme, die ihm
verdammte Angst einjagte. „Ich wusste nichts von deinem
Dad, ich wusste nicht, dass du zu der Beerdigung
herkommst, ich wusste nichts von deiner Halbschwester –"

„Ich wusste doch auch nicht von ihr!"

Sie starrte auf ihre Hände, die sie fest verschränkt in ihren
Schoß gelegt hatte. „Ich schätze, ich vertraue dir nicht."

Er schlug eine Hand auf die Arbeitsfläche. „Ich wusste es!

Ich wusste, dass du mir nicht vertraust. Drei gemeinsame Jahre und dennoch –"

„Ich weiß. Es liegt nicht nur an dir. Es liegt an mir und meinem Ex. Er hat mich jahrelang hintergangen, und ich habe weggeschaut. Ich möchte nicht, das es mit dir so wird. Ich möchte geradeaus sehen können."

Er ging zu ihr. „Das will ich doch auch. Ich habe nichts zu verbergen. Manchmal werfen Frauen sich mir an den Hals. Aber sie wollen nicht mich. Sie wollen mein Rockstar-Ich. Du hast mein wahres Ich."

Sie schnaubte. „Die meiste Zeit bist du ja ein Rockstar."

Er setzte sich neben sie und legte eine Hand auf ihr Bein. „Nicht bei dir. Du hast mein wahres Ich, ob es dir gefällt oder nicht."

Sie sagte nichts.

„Wo stehen wir dann jetzt also?", fragte er.

„Ich weiß es nicht," sagte sie still.

Er hielt den Atem an. „Bleibst du, um es herauszufinden?"

Christina schluckte sichtlich. „Ich versuche es."

„Verdammt, Chris! Das reicht nicht."

„Was willst du denn von mir?", schrie sie.

„Ich möchte, dass du mich so sehr liebst, wie ich dich liebe."

„Das tue ich!"

„Und warum fühlt es sich dann so an, als wolltest du gerade mit mir Schluss machen?"

Sie atmete einmal tief ein. „Schau, wir haben in letzter Zeit viel durchgemacht. Lass uns einfach … so weitermachen wie vorher. Können wir das?"

Griffin verengte die Augen. „Ja, das können wir", sagte er. „Lass uns los."

Sie sah verwirrt zu ihm auf. „Wohin?"

„Da weitermachen, wo wir aufgehört haben", sagte er, dann packte er sie und warf sie sich über die Schulter.

„Griff!"

„Du schuldest mir einen schreienden Orgasmus", sagte er und ging nach oben. Genug mit diesem Scheißgerede. Es war Zeit für Hardcore Action.

N<small>UR</small> G<small>RIFF</small> <small>HATTE</small> Christina jemals dazu gebracht, dass sie beim Orgasmus schrie. Es verlangte ihr alles ab, ließ sie schlaff und gründlich befriedigt zurück. Im Laufe der letzten Monate, während er im Familienmodus war, war er, wenn sie einander geliebt hatten, besonders zärtlich gewesen. Vielleicht hieß das, dass er wirklich bereit war, da weiterzumachen, wo sie aufgehört hatten.

„Okay", sagte sie leise.

Er grunzte. Oh, Mann, sie liebte es, wenn er den Alpha bei ihr heraushängen ließ.

Sobald sie im Schlafzimmer waren, stellte er sie auf ihre Füße. Sie sahen einander kurz an und prallten dann aufeinander. Sein Mund forderte ihren, während seine Hände überall über ihren Körper fuhren. Sie zog an seinem T-Shirt, und er zog es aus, warf es beiseite. Bei dem Anblick – muskulöse Bauchmuskeln, breite Schultern, die Arme mit Muskeln wie gemeißelt und überdeckt von Tattoos – gab ihr Herz Gas. Jedes bisschen an ihm sah aus wie der toughe Rocker, nur mit dem zusätzlichen Bonus, eine zarte Ader zu besitzen. Er zog ihr den Pullover aus und machte kurzen Prozess mit ihrem BH.

„So schön", murmelte er und betrachtete ihre Brüste. Er hatte ihr immer das Gefühl gegeben, schön zu sein, vom ersten Mal an, dass sie einander geliebt hatten, machte es ihr leicht, ihre Unsicherheiten in Bezug auf die anderen Frauen, mit denen er geschlafen hatte, fallen zu lassen. Und, wie sie nach ihrem ersten Marathonsex festgestellt hatte, seine Erfahrung kam ihr nur zugute. Er hatte ihr gezeigt, wozu ihr Körper fähig war, Arten von Ekstase, die sie nie zuvor in ihrem Leben kennengelernt hatte, und er hatte die Erregung durch verschiedene Arten, sich ihr zu nähern, gesteigert, manchmal langsam und zärtlich, manchmal grob und fordernd, immer jedoch hatte die Lust im Zentrum dessen gestanden, was er tat. Er wusste, wann er sie drängen und wann er sich zurückziehen sollte, er war auf ihren Körper eingestimmt, wie kein Mann es je gewesen war. Er spielte sie wie sein Instrument.

Er drückte sie aufs Bett und gesellte sich zu ihr, legte sich auf die Seite, küsste sie heftig, und seine Zunge stieß hinein. Schließlich ließ er sie zu Atem kommen und küsste an ihrem Hals hinunter zu ihrer Brust, nahm einen harten Nippel in den Mund und saugte kräftig, worauf sich ihr Unterleib zusammenzog.

„Griff", sagte sie atemlos, „nimm mich." Sie packte ihn, brauchte wieder diese Verbindung, brauchte diese Nähe. Er ignorierte es, dass ihre Hände nach ihm griffen, und ließ sich Zeit, benutzte seine Zunge und seine Zähne an ihrer Brust, brachte sie in einen pochenden, schmerzenden Zustand, bevor er sich zu ihrer anderen Brust bewegte. Endlich hob er den Kopf und warf ihr einen heißen Blick zu. Sie hob die Hüfte, brauchte seine Berührung, brauchte mehr von ihm, doch er war kein Mann, der sich hetzen ließ. Er begann, ihren Hals zu küssen. Sie stöhnte frustriert.

Er stützte sich auf und knabberte an ihrer Unterlippe. „Ich liebe es, dich verrückt zu machen, du verrücktes Ding", knurrte er in ihr Ohr.

Sie krallte ihre Nägel in seinen Rücken. Er drückte ihre Hände beiderseits ihres Kopfes auf die Matratze. „Pass mit diesen Krallen auf."

„Griff, ich will dich. Ich habe dich so sehr vermisst."

„Du wirst mich auch haben. Doch zuerst muss ich dich verrückt machen." Er umfasste ihre Brust und strich mit seinem schwieligen Finger über den festen Punkt. „Ich liebe es, deinen Körper zu spielen", sagt er, dann benutzte er beide Hände, um über ihre harten Nippel zu fahren.

Er spielte sie wie seine Gitarre, steigerte sie zu einem Crescendo passend zu dem Rhythmus, den er bestimmte. Doch sie war nicht in der Stimmung, dass man mit ihr spielte. Nicht nach all dem, was sie in den vergangenen Tagen durchgemacht hatten.

Sie griff nach dem Knopf an seiner Jeans. „Zieh die aus."

„Erst einmal werde ich dich in Fahrt bringen", sagte er, seine Worte eine dunkle Versprechung, während er an ihrem Körper hinunterküsste. Sein raues Kinn kratzte ihre empfindliche Haut, sein heißer Mund und seine Zunge beruhigten und erregten sie zugleich. Seine Daumen hakten sich unter den Bund ihrer Jeans, seine Finger strichen hinein, berührten sie aber nicht dort, wo sie ihn am meisten brauchte.

Sie öffnete ihre Jeans selbst und schob sie hinunter. Dann schlüpfte sie aus ihrem Höschen und spreizte einladend ihre Beine für ihn. Sie nahm die Pille, also musste er nicht warten. Dennoch spielte er mit ihr. Seine Finger strichen müßig über ihren Bauch, zentimeterweise tiefer und noch tiefer. Sie hob leise einladend ihre Hüfte, doch dann wanderten seine Finger zur Seite, wichen dem Punkt aus, an dem sie pochte, und streichelten ihren Innenschenkel. Sie wimmerte, als sein heißer Mund an ihrem Innenschenkel entlang küsste.

Plötzlich bewegte er seine Hand, umfasste ihre Scham, ließ sie fast schwindlig werden vor Erleichterung. Er streichelte sie in aller Ruhe, brachte sie zum Stöhnen, bevor sein schwieliger Finger sie langsam und vorsichtig streichelte, dann schneller und fester, brachte sie bis ganz an den Rand, dann machte er wieder langsamer. Sie wusste, dass, wenn er so war, sie ihn nicht antreiben konnte. Sie hatte alles versucht, von Flehen, über Ächzen bis hin zu aggressivem Beißen und nach ihm Greifen. Nichts bewegte Griff, solange er sich nicht bewegen wollte.

„Bitte, Griff, bitte", flehte sie widerwillig.

Er warf ihr ein verschlagenes Lächeln zu und befeuchtete seine Lippen.

„Oh, verdammt", murmelte sie, dann schloss sich sein Mund über ihrem harten Knoten, seine Zunge spielte mit ihr in dem Rhythmus, den er bestimmte, langsam und leicht und überwältigend. Er schob seine Hände unter ihren Hintern und hielt sie genau da, wo er sie haben wollte, während er sich an ihr labte. Schon bald bewegte sie sich in seinem Rhythmus, ihre Hüften stießen eigenständig, während er sie mit seinen Lippen, seiner Zunge und den Zähnen in den Wahnsinn trieb. Sie verkrampfte sich, als der Orgasmus sich plötzlich heranschlich, und dann brach sie zusammen und bewegte sich hilflos gegen seinen Mund.

Er hob seinen Kopf und streichelte sie müßig mit einem Finger, worauf sie zucken musste. „Das klang noch nicht verrückt genug", sagte er. „Ich möchte dich schreien hören."

Sie bebte in Vorfreude. Wieder streichelte er sie vorsichtig und langsam, löste weitere Lustwellen in ihrem Körper bis hinunter zu ihren Zehen aus. Und gerade, als sie die Augen schloss und in diesem wunderbar süßen Bereich zarter Lust schwebte, übernahm sein Mund, heiß und fordernd, und saugte kräftig an ihr. Sie explodierte mit einem lauten Schrei. Er grunzte zustimmend. Dann drehte er sie herum, legte seinen Arm um ihre Taille und zog sie hoch, öffnete sie für sich. Sie legte ihre Wange auf die Matratze, ihr war schwindelig von der schnellen Bewegung, und sie war immer noch in dem Gefühl verloren.

Sie hörte, wie seine Jeans zu Boden fiel, und dann war er bei ihr. „Mach dich gefasst", knurrte er mit rauer Stimme in ihr Ohr.

Sie stützte sich auf die Unterarme und hob den Kopf, sie wusste, ihr stand ein wilder Ritt bevor. Er positionierte sich an ihrem Eingang, und sie wartete auf seinen festen Stoß. Stattdessen brachte er seine Hand nach vorne und begann, sie vorsichtig zu streicheln. Sie stöhnte laut. Er spielte mit ihr. Sie

stieß nach hinten gegen ihn, brauchte ihn in sich. Er streichelte sie schneller, etwas fester, brachte sie um den Atem,
und endlich stieß er in sie hinein, füllte sie und milderte den
Schmerz, den sie schon so lange spürte. Er nahm sie hart und
fest, während sie sich auf ihren Unterarmen hielt, gegen seine
Stöße zuckte, ihr Körper sich um ihn verkrampfte. Er machte
schneller, sein Atem klang laut an ihrem Ohr, während seine
Hand sie mit seinem komplizierten Rhythmus spielte, in dem
er zwischen langsam und schnell, sanft und heftig wechselte.
Die Empfindungen steigerten sich in ihr, brachten sie um den
Verstand. Sie brauchte es, dass er sie über die Kante brachte.

„Griff!", schrie sie.

„Gib mir mehr", knurrte er, und seine Finger drückten
gegen sie, hielten sie einfach nur, während er in sie
hineinpumpte.

Es war zu viel. Er hatte sie zu weit gedrängt, und die
Empfindungen hielten sie wie eine Geisel an des Messers
Schneide ihrer Erlösung. Sie zitterte vor Verlangen, und das
war genau das, worauf er gewartet hatte, von dem er wusste,
dass es für sie der Punkt ohne Wiederkehr war. Er zog sich
heraus, und sie brach ächzend auf der Matratze zusammen,
denn sie wusste, was er als Nächstes tun würde. Der Mann
hatte verschiedene glorreiche Methoden, ihren G-Punkt zu
erreichen, doch seine Lieblingsmethode brachte sie um den
Verstand, denn dann war sie in seinem Griff gefangen, unfä-
hig, ihre Hüfte zu bewegen, um alles etwas voranzutreiben.

Er drehte sie herum und kniete sich zwischen ihre Beine.
Dann hob er ihren rechten Knöchel und legte ihn auf seine
Schulter, zog den linken Knöchel auf seine andere Schulter
und schenkte ihr ein langsames, sexy Lächeln, während er
ihre Hüfte packte, sie hob und sie mit einem tiefen Stoß auf
sich zog, wodurch die Rückseite ihrer Schenkel an seiner
Brust lagen. Sie wimmerte, und dann stieß er kräftig zu, und
sie keuchte, während er noch tiefer drang. Die tiefe Penetra-
tion und das innere Streicheln brachten sie um den Verstand,

sie war in seinem Griff gefangen, während er wieder und
wieder zustieß, sie höher und höher trieb. Alles in ihr zog sich
zusammen und verengte sich, sie war gefangen in einem
überwältigenden Sog immer tiefer werdender Lust. Und
dann streichelten seine Finger sie einmal ganz kräftig,
während er tief in sie hineinstieß und sie damit über die
Kante rammte, sie den Schrei aus ihrer Kehle dringen ließ,
während ihr Körper vor Lust zusammenbrach. Er machte
weiter, pumpte in sie, während er explodierte, die Hitze und
der Rausch brachten sie höher und holten in den Nachwehen
weitere Schreie aus ihrer Kehle.

Viel später erst nahm er ihre Knöchel von seinen Schultern
und zog ihn heraus. Mit einem leisen Stöhnen rollte sie sich
auf der Seite zusammen, sie war vollkommen ausgelaugt.

Er ließ sich neben ihr fallen. „Ich liebe es, dich zum
Schreien zu bringen."

Sie konnte nicht sprechen. Er legte sich in Löffelchenstel-
lung hinter sie, wie er es immer tat, und legte die Decke über
sie beide.

„Neuer Plan", sagte er, und seine Stimme grollte in ihrem
Ohr. „Ich werde dich jede Nacht zum Schreien bringen, bis
mir dein Herz und deine Seele gehören. Bis du nicht mehr
daran zweifelst, dass du mir gehörst."

Dieses erotische Versprechen ließ sie erbeben, und seine
Arme festigten sich besitzergreifend um sie. Er würde sie
mürbe machen, auslaugen.

„Du gehörst mir", sagte er mit rauer Stimme in ihr Ohr.
„Und ich gehöre dir. Nichts sonst spielt eine Rolle."

Sie schloss die Augen, war zu erschöpft, um mit ihm zu
diskutieren und zu erklären, dass es nicht so einfach war.
Griff, das wusste sie nur allzu gut, hatte die Beharrlichkeit
einer Bulldogge. Sie wusste nur nicht, ob das gut für sie war
oder schlecht. Aber sie wusste, sie war dabei.

7

Griffin war nichts als hartnäckig. Er wäre in der Musik-
branche nicht so weit gekommen, wenn er nicht die Beharrlichkeit hätte, an jede Tür zu klopfen, die ihm vor der Nase
zugeschlagen wurde. Seine Zwanziger hatte er damit
verbracht, wie ein Hund einem Plattenvertrag hinterherzu-
rennen, bis er mit dreißig endlich groß rausgekommen war.
Er meinte also, wenn seine Worte Christinas Sorgen wegen
ihrer Zukunft nicht beseitigen konnten, würde er ihren
Körper bearbeiten. Sie war nie entgegenkommender, als
wenn er ihr im Bett alles abverlangt hatte. An diesem Morgen
hatte er sie mit einem Orgasmus geweckt und sich dann unter
der Dusche ganz wie ein Alpha verhalten. Das war nicht
schwierig für ihn. Ihre schreienden Orgasmen törnten ihn so
richtig an, und danach war sie ihm gegenüber auf eine Art
und Weise geöffnet, wie sie es normalerweise mit ihrer natürlich rauen Schale niemals gewesen wäre. Jetzt lag sie in ein
Handtuch gehüllt zusammengerollt in seinem Schoß,
während er gegen das Kopfteil gelehnt dasaß.

„Du gehörst mir", sagte er.

„Mmm", sagte sie und lehnte ihren Kopf an seine
Schulter.

Sehen Sie? So sanftmütig. Warum hatte er vorher nicht daran gedacht, dass er sie so auslaugen sollte?

„Ich liebe dich", sagte er.

Sie seufzte. „Ich dich auch."

„Ich möchte dich für immer in meinem Leben", sagte er und hob ihr Kinn, damit sie ihn ansah.

Sie lächelte ihn verstohlen an. „Okay!"

Er küsste sie. „Okay!" Wow. Er war überrascht, wie einfach das war. Hätte er das gewusst, hätte er die Schreiender-Orgasmus-Methode schon früher probiert. Die letzten paar Monate war er absichtlich zärtlich gewesen, denn zum ersten Mal in seinem Leben hatte er daran gedacht, eine eigene Familie zu gründen. Er musste daran denken, dass sie immer noch gern die Puppen tanzen ließ. Das plötzliche Gefühl von Zärtlichkeit und Liebe ließ ihn sie noch einmal küssen. Und wieder. Und dann ließ er Küsse auf sie regnen, weil er so glücklich war. „Vertraust du mir also?"

„Ich arbeite daran", sagte sie vorsichtig.

„Ich vertraue dir."

„Ich habe ja auch noch nie jemanden betrogen."

Die Bemerkung tat weh. Sie hatte er auch niemals betrogen. Seine Exfrau, ja, aber nie sie. Er wusste nicht, was er sonst noch tun konnte, um zu beweisen, dass er jetzt anders war. Es war so frustrierend. Er setzte sie von seinem Schoß herunter und stand auf.

„Sei nicht wütend", sagte sie. „Ich liebe dich."

Irgendwie reichte das nicht mehr.

Eilig zog er seine Sachen an und ging hinunter, wo er seine Gitarre gelassen hatte. Einige seiner schmerzhaftesten Momente waren zu seinen größten Hits geworden. Er war froh, nicht des Geldes wegen, sondern er wusste, dass sein Schmerz andere berührte und sie wissen ließ, dass sie nicht allein waren.

Er spielte, gab sich selbst der Musik hin und hörte nicht auf, bis er überrascht feststellte, dass es im Wohnzimmer dunkel war. Die Sonne war bereits untergegangen. Er hatte vage mitbekommen, dass Christina gegangen war, obwohl er sich nicht sicher war, ob sie schon zurückgekommen war. In Zeiten wie diesen konnte sie aus Rücksicht auf das, was er da tat, äußerst leise sein. Plötzlich bemerkte er, dass er hungrig war und durstig und erschöpft.

„Chris?"

Das Licht wurde angeschaltet und dann gedimmt. „Ich bin hier." Sie reichte ihm ein Glas Wasser, und er trank es gleich leer. Als er fertig war, reichte er ihr das Glas, und sie stellte es in die Küchenspüle, dann ging sie zu ihm. Er legte seine Gitarre zurück in die Hülle und stand auf, öffnete seine Arme für sie.

Sie schlang ihre Arme um seine Taille. „Das war purer Soul. Das hat mir gefallen."

Er schloss seine brennenden Augen bei den Worten, die ihm so viel bedeuteten. Sie hörte seine Seele und berührte ihn damit, dass sie es zärtlich akzeptierte.

Sie löste sich von ihm und reichte ihm seine schwarze Lederjacke. „Zeit für die echte Welt. Wir gehen aus zum Abendessen. Laila hat uns gebeten, heute Abend ins Diner zu kommen."

„Sie hat angerufen?" Er hatte das Telefon gar nicht klingeln gehört. Chris kümmerte sich um alle äußeren Ablenkungen für ihn, wenn er seine Musik schuf.

„Ja, ich habe den Anruf entgegengenommen." Sie zog ihren Mantel an und nahm ihre Handtasche. „Ich werde fahren. Du kannst dich einfach entspannen."

Sie verflocht ihre Finger mit seinen und ging mit ihm nach draußen. Sie wusste, dass er sich ausgelaugt fühlte, wie immer, wenn er einen Tag hinter sich hatte, an dem er sein ganzes Herz und seine Seele in seine Musik gegossen hatte. Er stieg in den Wagen. Christina ließ den Motor an und schaltete gleich das Radio aus, gab ihm die Stille, die er brauchte.

Er lehnte seinen Kopf zurück gegen die Kopfstütze, schloss die Augen und schlief ein.

Er erwachte, als Christina ihn an der Schulter rüttelte. Sie standen hinter dem Diner. „Bist du bereit?", fragte sie. „Ich könnte auch etwas zum Mitnehmen holen."

„Nein, meine Schwester möchte mit mir angeben."

„Vielleicht will sie dich nur sehen", sagte sie und versuchte, die Kanten seiner Realität etwas abzurunden.

„Mir macht das nichts." Und das war auch so. Er liebte die Aufmerksamkeit, und er liebte es, Menschen einfach damit glücklich zu machen, dass sie ihn trafen.

„Du bist wie gemacht für so etwas", sagte sie und streichelte sein Haar. „Du bist für sie gemacht."

Und sie war für ihn gemacht, dachte er. Doch das behielt er für sich, denn er war nicht in der Stimmung für eine weitere emotionale Runde mit ihr wegen ihrer Zukunft. Stattdessen blähte er seine Brust auf. „Zeit für die Magie."

„Woo-hoo!", rief sie, und feuerte ihn an.

Er lächelte und schüttelte den Kopf, dann stieg er aus dem Hummer. Christina ging voraus, hielt die Tür offen und rief: „Laila Colton, wo bist du? Dein Bruder ist da!"

LAILA DREHTE sich erfreut zur Tür um. Im Diner war es heute Abend nicht allzu voll, es war ja auch nur ein Donnerstag, doch selbst ein paar besetzte Tische, die Laila mit ihrem berühmten Bruder sehen wollten, versöhnten sie mit all den Jahren, in denen sie nur im Hintergrund verschwunden war.

„Hi", sagte sie und winkte fröhlich. „Setzt euch hin, wo ihr wollt." Sie musste heute arbeiten, doch sie hatte ihn sehen wollen.

Christina wählte eine Nische in der hinteren Ecke. Griffin sagte etwas zu ihr, und anstatt sich zu setzen, wie Laila erwartet hatte, kam er zu ihr, umarmte sie und küsste sie auf die Wange. „Wie geht es dir?"

Ihr gefiel seine unbeschwerte Vertraulichkeit. Es war beinahe all den Schmerz wert, den sie durchgemacht hatte, weil ihr Dad kaum da gewesen war, einen coolen Halbbruder zu haben. „Mir geht es großartig, jetzt, da ihr da seid."

„Tut mir leid, dass Chris dich geschlagen hat. Sie ist auf die bestmögliche Art verrückt, aber manchmal … Na ja, du weißt ja, wie Frauen sein können, wenn sie meinen, dass jemand in ihr Territorium dringt."

„Es ist also ziemlich ernst mit euch?" Sie sah zu Christina hinüber, die, wie sie da saß, so zierlich und täuschend süß aussah, während sie die Speisekarte studierte.

„Ja. Ich habe sie gebeten, mich zu heiraten, doch sie hat abgelehnt."

Ihre Brauen schossen überrascht in die Höhe. „Sie hat dich abgelehnt?"

„Schh … Ja. Das Timing war nicht richtig."

„Wow. Das tut mir leid."

„Alles gut." Er lächelte, doch es erreichte nicht ganz seine Augen. „Bis nachher." Er ging zurück in den hinteren Teil des Diners, um sich zu Christina zu gesellen.

Laila machte sich wieder an die Arbeit und sah hin und wieder zu den beiden hinüber. Carol hatte ihn Minuten, nachdem er seine Essensbestellung aufgegeben hatte, erst einmal mit heißen Brötchen zufriedengestellt. Griffin setzte sich auf die andere Seite des Tisches neben sie, legte einen Arm um ihre Schultern und küsste sie oben auf den Kopf. Die Liebe zwischen den beiden war geradezu greifbar. Einen Moment lang spürte sie den Stich des Neids. Sie hatte kaum Gelegenheit gehabt, mit Griffin herumzuhängen, und jetzt hing er nur noch an seiner Freundin. Doch dann bedeutete Griffin ihr, sich zu ihnen zu gesellen, und obwohl sie genau genommen bei der Arbeit war, entschied sie sich, ihre Pause zu machen und sich zu ihnen an den Tisch zu setzen.

„Möchtest du zum Abendessen zu uns kommen?", fragte Christina.

„Ich habe bloß fünfzehn Minuten", sagte sie.

„Komm morgen bei uns vorbei", sagte Christina. „Dann essen wir zu Abend. Und bring deine Gitarre mit."

Laila zuckte zusammen. „Oh, ich kann doch meine Gitarre nicht mitbringen. Du bist es gewohnt, Griffin spielen zu hören. Wir hören einfach ihm zu."

Christina drehte sich zu Griffin um. „Hat sie für dich gespielt?"

Griffin lächelte. „Natürlich hat sie das."

Christina verengte ihre strahlend blauen Augen. „Warum spielst du für ihn und nicht für mich? Weil ich dich geschlagen habe?" Sie beugte sich vor und bot ihr ihre Wange an. „Nur zu. Schlag mich zurück."

Laila wurde rot und sah Griffin hilfesuchend an. Sollte sie wirklich seine Freundin schlagen? Er grinste.

„Was denn, hast du Angst, dass ich dir noch einmal in den Hintern trete?", provozierte Christina sie.

„Du hast mir nicht in den Hintern getreten!", protestierte Laila.

„Dann schlag mich zurück."

„Ich werde dich nicht schlagen. Du bist die Freundin meines Bruders."

Christina beugte sich vor. „Zuerst stehe ich Griff nicht nah genug, um würdig zu sein, gehört zu werden, und jetzt stehe ich ihm zu nahe. Was denn jetzt?"

Laila schob sich eine Strähne hinter ihr Ohr. „Es ist nur … Ich spiele nie vor anderen. Das war ein besonderer Anlass. Da Griffin und ich uns gerade kennengelernt und herausgefunden hatten, dass wir eine Familie sind."

„Wir haben uns auch gerade erst kennengelernt." Christina stieß ihr einen Finger entgegen. „Du schuldest es mir. Ein Lied, sonst erzähle ich jedem hier drin, dass du ein Geheimnis hast. Kleinstadtleute lieben diesen Mist."

Laila errötete schuldbewusst, denn sie hatte ja tatsächlich ein Geheimnis. Sie hatte Griffin immer noch nichts vom Geld ihres Dads erzählt. Doch Christina konnte unmöglich davon wissen. Vermutlich meinte sie ihre heimliche Leidenschaft für die Musik. So oder so, das Letzte, was Leila gebrauchen konnte, war, dass andere sie drängten und sie mit ihren Geheimnissen aufgezogen.

„Griffin?", fragte Laila.

Er hob seine Hände. „Ich mische mich da nicht ein."

Und dann, bevor sie noch protestieren konnte, packte Christina Lailas Handgelenk und schlug sich selbst damit auf die Wange. Nicht fest, aber dennoch. Sie riss ihr Handgelenk los.

Christina grinste. „Jetzt sind wir quitt. Du spielst für mich. Einen Song. Ich spüre, dass du Soul in dir hast."

Laila blinzelte langsam. Niemand blickte jemals hinter die Fassade, die sie der Welt präsentierte – violette Strähnchen in ihren Haaren, verrückte Kleidung und zahlreiche Piercings. Sie sprach mit ganz leiser Stimme. „Du glaubst, dass ich Soul in mir habe?"

„Ich glaube ja", sagte Christina mit solch überzeugter Stimme, dass Laila es beinahe glaubte.

Griffin reichte über den Tisch und drückte Lailas Hand. „Ich weiß das."

Und so kam es, dass Laila am nächsten Abend mit ihrer Gitarre in der Hand und zitternd, weil sie beinahe eine Panikattacke hatte, aus ihrem Wagen stieg und zur Tür von Griffins gemietetem Haus ging. In der kühlen Winternacht war ihr Atem als kalte Wolke sichtbar, als sie auf die Türklingel drückte.

Christina öffnete die Tür, sah sie einmal an und sagte: „Möchtest du mich noch einmal schlagen?"

„Nein! Warum sagst du das?"

„Du siehst blass aus und, wenn ich das sagen darf, ängstlich? Niemand ist jemals am Gitarrenspiel gestorben."

Das reizte Laila. Für wen hielt diese Frau sich eigentlich? Hatte sie jemals von Herzen Musik gespielt, bei der sie entblößt und verletzlich war?

„Was weißt du schon von Musik?", blaffte Laila. „Hast du jemals eine Melodie komponiert oder Wochen damit zugebracht, den perfekten Text auszuarbeiten?"

Christina trat zurück und bedeutete ihr, einzutreten. „Du bist definitiv mit Griff verwandt. Du wirst sehen, dass ich ein bewunderndes Publikum bin, du musst also nicht so gereizt sein. Damit tust du dir keinen Gefallen."

Laila trat ein, und Christina machte eine große Show daraus, eine imaginäre Schuppe von ihrer Schulter zu schubsen.

Laila verengte die Augen, war immer noch angefressen. Sie stellte ihre Gitarre neben ein beigefarbenes Sofa im Wohnzimmer. Christina deutete auf ihre Jacke, also zog sie sie aus und reichte sie ihr.

„Hey, Schwesterchen!", rief Griffin. „Komm hierher und probier mal diese Sauce."

Sie ging in die moderne Küche, in der ihr Bruder ziemlich gekonnt in einer Marsalasauce um leicht gebräuntes Hühnchen herumrührte. „Ein Mann, der kocht. Wow."

Griffin grinste. „Christina hat es mir beigebracht. Und ich finde es entspannend." Er hielt ihr den Holzlöffel hin, damit sie probieren konnte. Sie kostete ein wenig.

„Wirklich gut", sagte Laila. „Womit kann ich helfen?"

„Du bist unser Gast, setz dich", sagte Christina. „Möchtest du etwas Wein?"

„Klar." Laila war es kein bisschen gewohnt, so bedient zu werden, doch Christina bedeutete ihr, sich zu setzen, also tat sie es. Ein paar Augenblicke später reichte Christina ihr ein Glas Rotwein.

„Also, erzähl mir von dir," sagte Christina. „Gibt es einen besonderen Menschen in deinem Leben? Einen Freund?"

„Niemand Besonderen", sagte sie und nahm einen langen

Schluck Wein. Sie hatte noch nie einen Typen kennengelernt, der geblieben war. In letzter Zeit hatte sie das Gefühl bekommen, dass es vielleicht an ihr lag. Vielleicht trieb sie sie von sich fort. Oder vielleicht fühlte sie sich einfach nur zu den Falschen hingezogen. Sie stand wirklich furchtbar auf den verkorksten Bad Boy. Sie dachte immer, dass sie sie geradebiegen konnte. Und es gab ihr irgendwie ein gutes Gefühl, diejenige zu sein, deren Leben wenigstens im Vergleich doch nicht so vermasselt wirkte.

„Wie lange spielst du schon?", fragte Christina. „Hat dein Dad es dir früh beigebracht, so wie bei Griff?"

Laila nickte.

„Du musst toll sein", sagte Christina.

„Das ist sie", sagte Griffin.

Laila nahm einen langen Schluck Wein. „Er will nur nett sein."

Christina neigte den Kopf und musterte sie. „Ich habe Neuigkeiten für dich. Griff tut nie etwas, nur um nett zu sein. Wer sind deine Vorbilder?"

Laila nahm noch einen Schluck Wein, sie hatte das Gefühl, als wollte Christina sie dazu bringen, etwas zuzugeben.

„Bibo?", fragte Christina.

Laila hätte beinahe den Wein ausgespuckt, während sie versuchte, nicht zu lachen.

„Das Krümelmonster?", fragte Christina lächelnd.

„Elmo!", warf Griffin ein.

Sie grinsten einander und dann sie an. „Also erstens mein Dad", sagte Laila endlich. „Johnny Cash, Oasis, Adele …" Sie sprach nicht weiter. Sie hätte die ganze Nacht so weitermachen können.

„Sie erzählt Geschichten", sagte Christina zu Griffin. Sie drehte sich zu Laila um. „Es ist persönlich für dich. Wirklich persönlich. Man muss mutig sein, um sich da draußen zu entblößen. Es ist wie Hey, Welt, hier ist mein Herz, aber tritt nicht drauf."

Laila war überrascht. „Woher weißt du das, wenn du doch nie Musik gemacht hast?"

„Ich wohne seit drei Jahren mit einem Musiker zusammen", sagte sie. „Es ist sein Herz und seine Seele, und manchmal tut es weh, wenn er dafür nicht die beste Reaktion bekommt."

„Aber jeder liebt doch, was er macht!", protestierte Laila.

„Das stimmt nicht", sagte Griffin, während er Brot aus dem Ofen holte.

„Nicht jeder", sagte Christina sachlich. „Man kann nicht jeden zufriedenstellen. Er hatte Glück, dass er eine Anhängerschaft hatte. Aber Kritiken können unfreundlich sein."

„Christinas ‚bäh' könnte mich umbringen", sagte Griffin und tat so, als stieße er sich ein Messer ins Herz und fiele beinahe zu Boden.

Christina verdrehte die Augen. „Ach, immer dieses Drama." Sie wandte sich an Griff. „Wenn ‚bäh' das Schlimmste ist, was du zu hören bekommst, dann kannst du dich glücklich schätzen."

„‚Langweilig' ist noch so ein Prachtexemplar", sagte Griffin.

Christina schnaubte. „Du bist gerade nicht sehr hilfreich. Das sage ich doch nur, wenn du dich wiederholst. Und du weißt, wann du dich wiederholst. Du brauchst ganz sicher nicht mich dafür, dir das zu sagen."

Griffin neigte den Kopf, ließ ihr diesen Punkt. „Das Abendessen ist fertig. Komm her, du Querulant."

„Querulant!", rief Christina mit breitem Grinsen. Sie bedeutete Laila, ihr in die Küche zu folgen.

„Du sorgst aber doch für Querelen", knurrte Griffin, dann zog er sie in seine Arme und wirbelte sie herum. Er zwinkerte Laila über Christinas Schulter zu. Wieder traf Laila der Neid auf die beiden, für das, was sie hatten. Sie fragte sich, ob sie jemals jemanden finden würde, der sie so liebte wie die beiden einander.

Das Abendessen verging für Laila zu schnell. Griffin erzählte ihr alle möglichen Geschichten von seiner Zeit auf der Straße, die Orte, in denen er aufgetreten war, die Leute, die er getroffen hatte. Die Partys, auf die er ging, waren wie ein Who's Who der Celebrity Elite.

„Meinst du, ich könnte jemals auf eine solche Party gehen?", fragte sie leise.

„Wir werden genau hier so eine nach meinem Konzert veranstalten", sagte Griffin. „Zu meinem Geburtstag. Da kommen schon ein paar Leute. Gibt es jemand Besonderen, den du gerne kennenlernen würdest?"

„Was ist mit dem Typen von *Hacker*?", fragte Laila.

Christina rümpfte die Nase. „Den nicht. Der spielt für das andere Team. Du möchtest doch jemanden kennengelernt, der vielleicht sogar interessiert an dir ist, oder nicht?"

Laila konnte sich nicht daran erinnern, jemals in ihrem Leben so oft rot geworden zu sein wie bei Christina. Die Frau war so schonungslos und direkt. „Vergiss es", sagte Laila. „Wen auch immer ihr einladet, ist okay."

„Ich werde jetzt aufräumen", verkündete Christina. „Geh, und stimm' deine Gitarre, Laila. Ich werde zuhören, während ich die Spülmaschine einräume."

„Oh!" Das war überhaupt nicht das, was Laila erwartet hatte. Sie hatte gedacht, sie würde im unangenehmen Zentrum der Aufmerksamkeit stehen, während Griffin und Christina sie anstarrten und sie für ihren nicht perfekten Musikstil verurteilten. „Okay!"

„Ich hole meine auch", sagte Griffin.

Laila entspannte sich deutlich. Den ganzen Tag hatte sie unter dem Druck gestanden, auftreten und mit dem Griffin Huntley Standard mithalten zu müssen, und jetzt war es nur ein lockeres Spielen im Hintergrund. Sie setzte sich neben Griffin aufs Sofa, und sie wechselten sich mit dem Stimmen ihrer Gitarren ab.

„Spiel mal deinen Song mit der Kutschfahrt", sagte Griffin.

Sie begann die Melodie, ihre Finger waren sicher auf den Saiten. Das war ein Song, den sie schon seit Jahren spielte. Sie hatte ihn geschrieben, nachdem sie einen romantischen Film mit einer Kutschfahrt durch den Central Park gesehen und damals eine solche Sehnsucht verspürt hatte, eine beinahe giftige Verbitterung, dass ihr Leben niemals so süß sein würde. Das Wasser lief in die Spüle, als Christina die Teller vorspülte.

Sie begann zu singen, ihre Stimme war fest und zart.

„Ein wenig lauter", drängte Griffin sie von der Seite.

Vermutlich konnte er sie nicht hören, weil das Wasser in der Küche so laut rauschte. Sie atmete einmal tief ein und machte sich an die nächste Strophe, volle Lautstärke, wie sie es tat, wenn sie allein war.

„Süße Zärtlichkeit
Steht nicht in den Sternen
Kutschfahrt an deiner Seite
Nicht für mich
Schneeflocken auf deinen Haaren
Sind mir egal
Wird's niemals für mich geben, niemals so ... "

Als sie endete, herrschte eiskalte Stille, und sie sah aus, als wäre sie beinahe in Trance. Griffin nickte, ein kleines Lächeln umspielte seine Lippen. Er sah zu Christina, und auch Laila tat das. Christina stand an der Spüle und hörte nur zu. Der Wasserkran war aus, und Laila hatte keine Ahnung, wie lange schon.

Endlich sprach Christina. „Ich möchte mehr hören."

„Oh, das kann ich nicht", protestierte Laila. „Mehr Lieder habe ich nicht."

„Nein, Laila, ist schon gut", sagte Griffin. „Das ist das größte Kompliment."

„Muss ich dich wieder zwingen, mich zu schlagen?", drohte Christina.

Griffin lachte. „Bring sie nicht dazu, dich noch einmal zu schlagen! Moment mal, habe ich das gerade richtig gesagt?"

„Spiel mit ihr, Griff", sagte Christina. „Ihr seid großartig. Habt verdammtes Glück im Genpool gehabt." Sie legte das Trockentuch auf die Arbeitsfläche, nahm sich ein Glas Wein und gesellte sich zu ihnen ins Wohnzimmer, setzte sich ihnen gegenüber in einen Sessel und schob ein Bein unter sich.

Laila drehte sich zu Griffin um. „Was sollen wir spielen?"

Er beugte sich vor und flüsterte in ihr Ohr: „‚Crazy Thing'. Das ist ihr Lied. Beginnt mit einem G-Dur Akkord –"

„Ich kenne es."

Sie spielten das Lied. Griffin sang sich die Seele aus dem Leib für Christina, die aussah, als berührte es sie tief. Als sie zu Ende gespielt hatten, sprang Christina auf und umarmte sie beide.

Der Rest des Abends war nur noch Musik; ein Hoch, das Laila nie verspürt hatte, durchfuhr sie. Von solch einem dankbaren Publikum geschätzt zu werden gab ihr das Gefühl, dass sie vielleicht doch etwas hatte, das sie der Welt zeigen konnte. Schließlich, als es wirklich spät wurde, schlief Christina ein.

„Warte hier", sagte Griffin tonlos zu Laila, dann hob er Christina hoch und trug sie nach oben ins Bett. Es war 2:00 Uhr morgens.

„Ich kann es nicht glauben, dass sie dich nicht heiraten will", sagte Laila, als er wieder herunterkam. „Sie ist doch wirklich verrückt nach dir."

„Ich liebe sie, wie ich noch nie jemanden geliebt habe. Nicht einmal mich." Er grinste, und sie lachte. „Vielleicht könntest du beim Konzert etwas mit mir spielen."

„Ich weiß nicht," sagte Laila ausweichend. Sie legte ihre Gitarre zurück in die Hülle.

„Denk mal darüber nach", sagte Griffin.

Sie stand auf. „Ich sollte gehen."

„Du hast acht Tage, um zu üben. Christina hat schon alles vorbereitet." Er umarmte sie. „Ich glaube an dich."

Sie war sprachlos. Niemand hatte je an ihre musikalischen Fähigkeiten geglaubt. Ihr Dad war nicht lange genug da gewesen, um es zu hören, als sie endlich ziemlich anständig spielte.

Er löste sich von ihr und hob ihr Kinn. „Okay?"

„Ich werde darüber nachdenken", flüsterte sie endlich.

„Ich komme morgen bei dir vorbei, dann können wir mit dem Üben anfangen", sagte er. „Ich werde Christina sagen, dass wir etwas Raum brauchen, um zu komponieren. Sie respektiert das."

Was sollte sie sagen? Den größten Rockstar der Welt abweisen, der mit *ihr* auftreten wollte? War sie wirklich bereit dafür? Und dann stellte sie überrascht fest, dass sie das war. Mit ihrem Bruder an ihrer Seite dachte sie, dass sie ihre Bühnenangst vielleicht besiegen und da rausgehen konnte. Sie hatte etwas, das wert war, der Welt gezeigt zu werden. Sie hatte nur jemanden gebraucht, der an sie glaubte, damit sie an sich selbst glauben konnte.

Sie nickte einmal. „Bis dann." Mit fröhlich wippendem Schritt ging sie trotz der späten Stunde zurück zu ihrem Auto.

8

Christina war aufgebracht. Ellie, die Reporterin vom *Savage Release*, war am Dienstag nach der Pressemitteilung zu Griffs Wohltätigkeitskonzert in der Stadt aufgetaucht. Christina hatte im Wohnzimmer ihres Mietshauses ein Interview ermöglicht, doch nach Ellies Artikel über Griffs Antrag (und Christinas wenig enthusiastischer Erwiderung) und ihren zahlreichen Spekulationen über Griffs „andere Frauen", hatte Christina jeglichen anderen Zugang zu Griff auf sein Konzert am Samstag beschränkt. Unglücklicherweise hatte Ellie sich stattdessen an Laila rangemacht. Christina warnte Laila, nichts über Griff zu sagen, was in einem Artikel verwendet werden konnte, und sie hatte geschworen, dass sie kein Wort sagen würde, doch Christina gefiel es immer noch nicht, dass die beiden Zeit miteinander verbrachten.

Natürlich war es für ihre Nerven nicht gerade förderlich gewesen, dass sie letzte Woche viel allein gewesen war. Sie war den ständigen Trubel der Stadt und die Tourneen gewohnt. Griff verbrachte fast jeden Tag in Lailas Apartment, weil er in einer kreativen Phase war, von der Christina wusste, dass sie sie besser nicht stören sollte. Wenn er in dieser Art kreativem Wahnsinn war, wurde etwas Großes geboren. Also tat sie, was sie am besten konnte, beschäftigte sich damit, das Wohltätigkeitskonzert zu organisieren und zu bewerben. Sie schaffte es sogar, die lokale Presse und einige Fernsehsender mit an Bord zu holen. Kam ja nicht jeden Tag vor, dass Griffin Huntley für einen guten Zweck ein Konzert in kleinem Kreis gab.

Griff war euphorisch, wenn er abends zu ihr zurückkam, und hielt sich an sein Versprechen, sie im Bett auszulaugen. Darüber konnte sie sich nicht beschweren. Sie hatten so lange keine nicht verplanten zwei Wochen gehabt, dass es sich fast anfühlte, als führten sie ein normales Leben. Arbeit am Tag, Vergnügen in der Nacht. Ehrlich, sie hatte sich ihm nie so nahe gefühlt. Allmählich fragte sie sich, weswegen sie sich eigentlich solche Sorgen machte. Er war ja nicht ihr Ex. Er verausgabte sich so sehr, während er sich um sie bemühte, dass er auf keinen Fall nach irgendeiner anderen verrückt sein konnte. Natürlich war die eigentliche Frage – was würde passieren, wenn die Versuchung ihm über den Weg lief, wenn Christina nicht bei ihm war? Würde er dann widerstehen? Wenn sie mit ihm zusammen war und die Liebe in seinen Augen glänzen sah, wusste sie die Antwort definitiv. Doch wenn sie nicht bei ihm war, hatte sie immer noch diesen kleinen nagenden Zweifel.

Ihr Handy vibrierte. Eine weitere Nachricht von ihrer Mom. Christina seufzte. Sie würde ihren Bruder umbringen, weil er ihrer Mom das Texten und das Internet gezeigt hatte. Sie brachte sie noch um den Verstand. Sie sah auf den Bildschirm.

Möchtest du, dass ich komme und dir bei dem Konzert helfe?

Sie schrieb rasch zurück. *Nein.*

Sie wusste, dass ihre Mom bloß Sydney Roy treffen wollte. Seitdem sie das Bild von Griff mit Sydney gesehen hatte, hatte sie Christina damit in den Ohren gelegen, dass sie ein Autogramm wollte.

Christinas Handy klingelte. Sie nahm es und sagte gleich „Ich hab das im Griff, Ma."

„Bist du dir sicher? Ist nicht viel Zeit, um das alles auf die Beine zu stellen."

„Alles unter Kontrolle."

„Ich mag diese Sydney wirklich", deutete ihre Mom an.

Christina erwiderte nichts darauf. Es war nicht gerade cool, andere berühmte Leute um ein Autogramm zu bitten. Das hatte sie ihr schon mehrfach erklärt.

Ihr Schweigen störte ihre Mom nicht, die fortfuhr: „Dein Vater und ich haben gestern Abend zu ihrem neuen Album getanzt –" Sie senkte ihre Stimme „– und ein bisschen mehr, wenn du weißt, was ich meine."

Christina verzog das Gesicht. „Ich muss los."

„So? Womit bist du denn so beschäftigt? Wusste ich doch, dass du noch ein paar helfende Hände gebrauchen könntest."

„Ich bin Griffs Managerin. So etwas habe ich schon viele, viele Male getan."

Ihre Mom schnaubte auf wenig vorteilhafte Weise. „Managerin. Welcher Mann möchte denn schon gemanagt werden?"

„Das ist eine geschäftliche Angelegenheit", sagte Christina durch ihre Zähne. „Er macht die Musik; ich kümmere mich um das Geschäftliche."

„Und hört er auf dich?"

„Ja, Ma, er hört auf mich."

„Nun, lass es nicht auf den privaten Bereich überschlagen, Christina Marie."

Christina verdrehte die Augen und verkniff sich, darauf etwas zu sagen.

„Verdrehst du etwa gerade die Augen?", verlangte ihre Mom zu erfahren.

Sie seufzte. „Nein, Ma."

„Ich habe über die Googly Alerts von dem Konzert erfahren", sagte ihre Mom. „Klingt so, als wollte seine Schwester vielleicht ein Lied mit ihm spielen." Christina machte sich nicht die Mühe, den Namen Google richtigzustellen. Sie vermutete, dass ihre Mom das absichtlich gesagt hatte, um sie zu provozieren.

„Das war der Plan", stimmte Christina zu. Sie wünschte sich, ihre Mom würde einen Google Alert auf ihren Bruder einstellen, damit sie anfangen würde, stattdessen ihn zu nerven. Unglücklicherweise sorgten Mathematiklehrer in der Middle School nicht oft für Schlagzeilen. Für ihn waren das nur ein paar Male gewesen, eine weitere verrückte Geschichte, die sich um Griff gedreht hatte und die sie komisch gefunden hätte, wenn nicht das zukünftige Glück ihres Bruders dabei auf dem Spiel gestanden hätte. Niemand legte sich mit den Menschen an, die Christina liebte.

„Du klingst müde", sagte ihre Mom. „Bist du dir sicher, dass ich nicht kommen soll? Das macht mir keine Mühe. Ich könnte Sydney treffen und wäre am Montagabend zum Pokern wieder zu Hause."

Ihre Mom spielte gekonnt Poker mit einer Gruppe Frauen aus der Nachbarschaft und kam immer mit einem ganzen Haufen Quarters zurück.

„Hier ist alles gut", sagte Christine mit endgültigem Tonfall.

„Vielleicht könntest du ihm diesmal einen Antrag machen", sagte ihre Mom aus dem Nichts.

„Ich werde jetzt auflegen."

„Schließlich bist du doch seine Managerin. Dann manage ihn auch gefälligst!"

„Hab dich lieb, bye!" Sie beendete das Gespräch. Ihr Handy vibrierte Augenblicke später mit einem Text. Sie nahm es sich.

Ich meine ja nur. Du wirst auch nicht jünger.

Sie musste sich wirklich eine neue Nummer zulegen.

～

Laila hatte den Spaß ihres Lebens. Nicht nur komponierte sie mit ihrem Bruder, sondern sie kam auch richtig gut mit Ellie, der Musikreporterin, klar. Sie war *so* New York. Sie hatte schulterlanges orangefarbenes Haar, das auf einer Seite raspelkurz geschnitten war, und einen Nasenring. Sie waren sogar zusammen in der Stadt einkaufen gewesen, um ein neues Outfit zu finden, das Laila beim Konzert tragen konnte. Christina hatte ihr eine Kreditkarte gegeben, mit der sie es bezahlen konnte, und sie gebeten, für sie auch einen neuen Wollmantel auszusuchen, da ihrer noch so beschmutzt war von ihrer kurzen Rauferei.

Laila und Ellie hatten so viel gemeinsam – die Liebe für die Musik, muskulöse Bad Boys und Martinis – und gingen jeden Abend gemeinsam ins McGinty's. Selbst an den Abenden, an denen Laila arbeiten musste, traf Ellie sie hinterher, *und* sie bezahlte auch noch die Getränke! (Ellie hatte ein Spesenkonto.) Sie sprachen über alles und jeden. Ellie hatte sogar gesagt, sie würde auch über Lailas Auftritt berichten, doch Laila hatte abgelehnt. Sie war schon nervös genug davor, ihren Song bei dem Konzert vorzusingen, ohne, dass sie sich auch noch darüber Gedanken machte. Sie machte das nur, um ihrem Bruder einen Gefallen zu tun. Tatsächlich vertraute Laila Ellie bei ihrem dritten famosen Martini am Abend vor dem Konzert an, dass sie ihren Song für ihn und Christina geschrieben hatte. Das war ein kleines Geheimnis.

„Weil sie so perfekt zueinander passen, weißt du", sagte Laila und steckte sich die Olive in den Mund. „Schh, erzähle es niemandem."

„Oh, ich weiß schon", sagte Ellie und nickte gleichzeitig. „Ich habe gesehen, wie er ihr den Antrag gemacht hatte. Sie sind mächtig verliebt."

„Ja, nicht wahr?"" Laila stützte ihren Kopf auf ihre Hand und starrte durch den Raum zu einem niedlichen Typen, der Billard spielte. Er hatte einen rasierten Kopf, ein Halstattoo, das irgendeinen Vogel darstellte, und den Körper eines Line-backers. Nette Rückansicht.

Ellie kicherte. „Es wird früher oder später passieren, richtig?"

„Absolut! Griffin sagte, dass nur das Timing schlecht war." Sie wackelte mit ihren Fingern in Richtung auf den Typen, doch der hatte noch seinen Rücken zu ihr gekehrt und sah es nicht. Ellie nahm sich ihre Finger und lenkte ihre Aufmerksamkeit wieder auf sich. Laila blinzelte langsam. „Was?"

„Ich hatte gerade eine großartige Idee!", rief Ellie.

Laila strahlte. „Das ist großartig!"

„Das Timing wäre beim Konzert, nachdem du ihnen deinen Song gewidmet hast, perfekt."

„Meinst du?"

„Ich weiß es. Die perfekte Zeit für einen Antrag. Möchtest du noch einen Martini? Ich lade dich ein."

„Ich würde nicht nein zu weiteren Oliven sagen", erwiderte Laila. Die schmeckten so gut.

Ellie bestellte ihr noch einen Martini. Als er kam, hob Ellie ihr Glas und bedeutete Laila, dasselbe zu tun. „Einen Toast auf Griffin und Christina und ihr Happy End."

Laila stieß mit ihrem Glas an und etwas schwappte auf ihre Hand. „Oops!" Sie leckte über ihre Hand.

„Ich kann es nicht abwarten, den perfekten Antrag zu sehen", sagte Ellie. „Mit dem perfekten Timing." Sie warf ihren Arm um Laila. „Und das alles dank dir!"

„Dank mir!" Sie nahm einen Schluck Martini, denn das musste man, sonst zählte der Toast nicht. „Und dann wird Griffin so glücklich sein, dass ihnen das Geld egal ist."

„Welches Geld?"

Laila zwang sich, sich auf ihre neue beste Freundin zu konzentrieren, doch alles schien ein wenig verschwommen. „Oops. Schh. Das ist ein Geheimnis."

Ellie lächelte so breit, dass Laila das Lächeln einfach erwidern musste. „Meine Lippen sind versiegelt", erklärte Ellie. „Hey, du solltest mich mal in New York besuchen. Wir könnten uns so sehr in der Stadt vergnügen."

„Ab-so-lut", sagte Laila, deren Worte jetzt langsamer kamen. „Ich glaube, du bist meine beste Freundin."

„Und du meine, Mädchen", zwitscherte Ellie. „Um wie viel Geld geht es?"

„Das gehört alles mir, nichts Griffin", sagte Laila. „Von unserem Dad." Sie hob ihr Glas und sah zum Himmel, ähm, zur Decke hoch. „Danke, Dad! Du warst ein ganz schöner Idiot!"

Darauf stießen sie an. Dank Ellie, den Oliven und ihr war alles perfekt.

⁓

AM TAG des Konzerts schaute Christina vorne aus dem Fenster. Die Paparazzi hatten ihr gemietetes Haus gefunden. Sollte nicht schwierig gewesen sein, als sie erst einmal in Fieldridge waren. Es war eine kleine Stadt, und jeder kannte Griff durch Laila.

„Griff!", rief sie nach oben, „du hast Publikum!"

„Cool!"

Sie grinste. Wenn irgendjemand für diesen Lifestyle gemacht war, dann er. In einem marineblauen T-Shirt und verblasster Jeans, die sich an seinen Körper schmiegte, kam er rasch herunter. Auch noch Arbeitsstiefel. So verdammt heiß.

„Sehe ich älter aus?", fragte er. Es waren noch zwei Tage bis zu seinem Geburtstag. Irgendwie war er fixiert auf diese Zahl.

„Du siehst heiß aus", erwiderte sie und umging damit die eigentliche Frage. Man sah ihm sein Alter an, ja, doch er hielt sich in Form und lebte sauber. Er hatte noch viele, viele Jahre im Rampenlicht vor sich. Dafür würde sie sorgen.

Er grinste und ging zu ihr, legte einen Arm um ihre Taille

und küsste sie. Draußen war Unruhe zu hören. Vermutlich die Paparazzi, die Fotos schossen. Griff vertiefte den Kuss nur, beugte sie über seinen Arm, was womöglich ein perfektes Bild für einen Schnappschuss bot. Sie wäre ja wütend darauf gewesen, dass er so publicitygeil war, doch seine Küsse waren umwerfend, und sie konnte nicht anders, als sie zu genießen. Er holte sie wieder hoch und grinste.

„Angeber", sagte sie.

Er nahm ihre Wange und sah ihr tief in die Augen. „Ich möchte nur, dass die Welt weiß, dass ich dich liebe."

Das spürte sie bis in ihre Zehen. „Ich dich auch."

„Bereit für den Irrsinn?"

„Lass uns los."

Sie gingen zur Tür hinaus und die Presse drängte sich vor, stellte Fragen über ihre Pläne und warum er in Fieldridge war. Griff gab keinen Kommentar, wie sie es ihm empfohlen hatte, lächelte nur und winkte und sagte, dass er sie dann beim Konzert sehen würde. Mit den einzigen Reportern, die Informationen von ihm bekommen würden, hatten sie ein Interview mit ihr ausgemacht. Er gab ein paar Autogramme für Fans, die mit der Presse gekommen waren, dann setzte er sein apologetisches Lächeln auf, winkte zum Abschied und stieg in den Hummer. Dieses Mal fuhr er, denn er war voller Energie und liebte es zu fahren, wenn er nur konnte.

„Nette Menge", sagte er.

„Beim Konzert wird noch mehr Presse sein", erwiderte sie.

„Was?" Er sah zu ihr hinüber. „Hast du sie anrufen?"

„Ja. Ich kümmere mich immer um deine Publicity."

„Ich dachte, das sollte ein intimer Abend werden."

„Wird es."

„Weiß Laila davon?"

„Ich schätze schon. Sie hängt die ganze Zeit mit Ellie rum. Ich kann es nicht abwarten, die loszuwerden."

„Himmel, ich weiß nicht, ob Laila dann auftreten wird."

„Ich werde in der ersten Reihe sein, ganz rechts. Sag ihr, wo sie mich findet, und sie soll sich so auf mich konzentrieren, als spielte sie nur für mich."

„Ja, okay. Sag ich ihr."

Griff trommelte mit einem Beat, der in seinem Kopf spielte, auf dem Lenkrad herum. Die übliche Aufregung vor der Show. So gerne er auch auftrat, er hatte immer noch eine nervtötende Phase, in der er vor der Show furchtbar aufgeregt war und die ihn nur noch mehr aufheizte, wenn er diese Energie in seine Musik umleitete.

Sobald sie am Greenport Theater waren, eilte Griff hinter die Bühne, dann sah er hinaus zum Publikum. Es war voll. Die Presse hatte sich hinten an der Wand auf Stehplätzen versammelt. Nur der Nachrichtensender, dem sie die Exklusivrechte gegeben hatte, saß in der ersten Reihe in der Mitte, die Kamera lief, und zwei weitere Kameras standen an der Seite. Vielleicht konnten sie dieses Konzert zu Bonusmaterial für ein Hinter-der-Musik-Video zusammenschneiden, um seine nächste Konzerttour damit zu promoten. Es war für einen guten Zweck und schloss die Familie mit ein. Das waren richtig gute PR-Punkte.

Sie ging zurück hinter die Bühne, wo Laila jetzt bei Griff stand. Das arme Mädchen war blass, ihre Hände zitterten sichtbar. Ihr Outfit sah großartig aus – eine weiße, schulterfreie Bauernbluse, dazu schwarze Leggins und kniehohe schwarze Lederstiefel. Ihr dunkles Haar mit den violetten Strähnchen fiel in sanften Wellen über ihre Schultern.

„Mach dir keine Sorgen", sagte Christina und nahm ganz fest Lailas eiskalte Hände in ihre. „Sie sind seinetwegen hier. Wenn du dran bist, hast du dich hinter der Bühne so lange gelangweilt, dass du bereit sein wirst. Und außerdem, du siehst sehr Rock 'n Roll aus."

„Ich glaube nicht, dass ich jemals bereit sein werde", sagte Laila mit zitternder Stimme. „Ich muss nicht raus."

„Natürlich nicht", sagte Christina beschwichtigend, obwohl sie wusste, dass Griff Laila selbst herausrufen würde. Er war verdammt stolz, dass er eine Schwester hatte, die ihn bei der Musik begleiten konnte. Die ganze Woche schon hatte er mit ihr angegeben. Hatte sie sein Erbe genannt. Christina ließ ihn versprechen, dass er das Laila nicht vor dem Konzert sagte. Der Druck war für einen Anfänger auf der Bühne zu groß. Danach war noch früh genug. Vielleicht war das der Tritt in den Hintern, den Laila brauchte, um ihr musikalisches Schicksal zu begrüßen.

Laila nickte und sah deutlich erleichtert aus. „Du findest das Outfit okay?" Sie zog die gerafften Ärmel noch etwas weiter an ihren Schultern herunter. „Damit bin ich oben irgendwie ziemlich verhüllt, aber Ellie meinte, das lässt die Typen durchdrehen, weil sie sich fragen, was darunter ist. Du weißt schon, anstatt es zu wissen, weil die Möpse auf dem Präsentierteller liegen."

„Absolut", sagte Christina. „Sehr klassisch und doch sexy. Ich würde dich nehmen."

Sie lachten.

„Mir gefallen auch deine Haare", sagte Christina. „Du wurdest dafür gemacht." Sie umarmte sie. „Ich werde ganz rechts sein, in der ersten Reihe, wenn du ein lustiges Gesicht brauchst." Sie kräuselte die Nase und zog ihre Lippen zur Seite.

Laila lachte. „Vielleicht setze ich mich ja zu dir."

„Nee", sagte Christina. „Griff braucht dich zur moralischen Unterstützung hinter der Bühne. Richtig, Griff?"

„Absolut", sagte Griff und hob seine Faust, um damit anzustoßen. Laila erwiderte den Fauststoß.

Christina rieb ihre Hände aneinander. „Hals und Beinbruch", sagte sie zu Griff, wie sie es immer tat.

Er zog sie in seine Arme und lehnte sich an ihren Hals, atmete sie ein, wie er es immer tat. Das gehörte zu seinem Ritual vor der Show, um sie ein paar Augenblicke ganz eng zu halten. Dann ließ er sie los und nickte, was ihr Zeichen dafür war, die Show in Gang zu setzen.

Sie nickte dem Manager des Theaters zu, Alan, einem großen, glatzköpfigen Mann, der an der Seite wartete, um Griff anzukündigen, dann ging sie zurück in den Zuschauerraum, um den für sie reservierten Platz einzunehmen.

Ein paar Augenblicke später trat Alan hinaus auf die Bühne und bat alle um ihre Aufmerksamkeit, indem er auf das Mikrofon klopfte und eine grässliche Rückkopplung verursachte. Christina verzog das Gesicht. Doch sie war erfreut über die heutigen Einnahmen und wusste, dass sie hier mit der Spendenaktion etwas Gutes getan hatten.

„Was für eine Show heute Abend!", verkündete Alan über den wilden Applaus. „Ich möchte Laila Colton dafür danken, dass sie das hier mit ihrem berühmten Rockstar-Bruder, Griffin Huntley, auf die Beine gestellt hat!" Die Menge brach in weitere Jubelrufe aus. Dieser Typ wusste, wie man mit dem Publikum spielte. „Und mit Ihrem Ticketkauf und einem großzügigen Beitrag von Griffin haben wir eine Summe von einhunderttausend Dollar für eine neue Spielplatzausrüstung in unserer Nachbarstadt Norhaven zusammen bekommen!" Weiterer wilder Applaus.

Als Christina nachgehakt hatte, wohin das Spendengeld gehen sollte und welche Eintrittspreise ihm vorschwebten, hatte Griff darauf bestanden, die Ticketpreise mit zwanzig Dollar erschwinglich zu halten, und hatte gesagt, dass er die Differenz beitragen würde. Am Ende hatte er neunzig Prozent der benötigten Geldmittel aus seiner eigenen Tasche bezahlt. Sie liebte diesen Mann wirklich sehr.

Alan zog ein Taschentuch aus seiner Tasche und wischte damit über seinen glänzenden kahlen Kopf. „Ich weiß, Sie sind bereit loszulegen, deswegen, jetzt ohne weitere Umschweife, Griffin Huntley!" Er verschwand rasch nach rechts von der Bühne.

Griff sprang auf die Bühne, und die Menge jubelte. Christina merkte, dass seine lockere Bad-Ass-Ausstrahlung sie lächeln ließ. Sie wusste, er sein Bibbern nicht beruhigen, ehe er nicht zu spielen begann. Er nahm seine Gitarre, legte sich den Gurt um die Schulter und ging ans Mikrofon. Dann zupfte er die ersten Noten, suchte sie im Publikum, sah ihr direkt in die Augen und begann zu singen. Sie wiegte sich auf ihrem Platz. Es war ihr Lied „Crazy Thing", und sie wurde absolut niemals müde, es zu hören.

Da ist sie, *mein kleines verrücktes Ding*. Als Griffin sah, dass Christina die ganze Zeit auf ihn konzentriert war, verlor er sich in der glorreichen Performance der Musik seines Herzens. Der Musik, nach der zu greifen er niemals gewagt hätte, wenn Christina nicht unerschütterlich an seine Fähigkeiten geglaubt hätte. Er würde den Rest seines Lebens damit zubringen, sich ihr Vertrauen zu verdienen, wenn er das musste. Alles, was zählte, war, dass sie zusammen waren.

Als er zum Refrain kam, bedeutete er dem Publikum, mitzusingen. Das taten sie, worauf er lächeln musste, da sie die Worte kannten und aus voller Brust sangen. Er entdeckte Sydney Roy, die ein paar Reihen weiter hinten saß und ihn anlächelte. Sie hatte sein Angebot, sich zu ihm auf die Bühne zu gesellen, abgelehnt und gesagt, sie hätte gerne „die volle Griffin Huntley Erfahrung" vom Zuschauerraum aus. Das war klug.

Das Publikum war grandios, und er spielte eine Stunde lang ohne Unterbrechung, dann machte er eine Pause und nahm sich eine Flasche Wasser, die man für ihn auf einen Hocker in der Nähe gestellt hatte. Er nahm einen langen Schluck Wasser und lächelte das Publikum an. „Ihr seid wirklich eine nette Truppe."

Die Menge wurde wild.

Er nickte einmal. „Ich habe eine besondere Überraschung für euch. Eins eurer lokalen Talente wird sich hier oben zu mir gesellen, und es ist nicht Sydney." Er deutete auf die Seite der Bühne, doch Laila kam nicht heraus. Er konnte sie dort stehen sehen, sie war wie erstarrt.

Er lächelte sie aufmunternd an und deutete auf ihre Gitarrenhülle, die ein paar Meter von ihr entfernt lag.

Sie schüttelte den Kopf. Und dann tauchte die Reporterin, Ellie, hinter Laila auf und schob sie hinaus.

„Meine Schwester, Laila Colton!", kündete Griffin sie an. Er ging zu ihr, nahm ihr die Gitarre ab und kam von der Mitte aus gemeinsam mit ihr zurück. Heilige Scheiße. Niemals zuvor hatte er so schlimmes Lampenfieber gesehen. Ohne zu blinzeln, starrte sie in die mittlere Kamera, steif und blass. Er hatte schon Angst, dass sie umkippen würde. Er zog den Hocker vor und setzte sie eilig darauf, dann nahm er seinen Platz ein, stellte sich neben sie.

„Wir müssen nur kurz stimmen", sagte er dem Publikum. „Gebt uns eine Minute."

Sie hielt die Gitarre, bewegte sich aber nicht.

„Hast du Christina da draußen gesehen?", fragte er sie mit leiser Stimme.

Sie riss den Kopf hoch und sah Christina in die Augen, die so tat, als würde sie ihr eine Ohrfeige verpassen. Laila lächelte tatsächlich. Die Frauen in seinem Leben waren verrückt, und er liebte sie irrsinnig. Laila sah hinunter und begann, ihre Gitarre zu stimmen. Er senkte das Mikrofon auf ihre Höhe und stellte sich unterstützend in die Nähe.

„Ich brauche Christina auf der Bühne", sagte Laila ins Mikrofon.

Das war merkwürdig. Wofür würde sie Christina brauchen?

Christina hinterfragte es nicht. Sie sprang von ihrem Platz auf und gesellte sich zu ihnen, stellte sich vor Griffin, der

seine Gitarre abstellte und seine Arme um sie legte. Laila
nickte ihr still dankend zu und begann eine Soulballade. Ihre
Stimme, zunächst leise, gewann langsam an Selbstvertrauen,
während sie sang und ihn und Christina direkt ansah.

„Mein Herz lebt bei dir
Meine Seele atmet mit dir.
Keine Zweifel mehr und kein Weggehen
Bei dir will ich bleiben
Was ist ein Stück Papier, sagst du?
Wozu ein Brautschleier?
Wenn nicht, um dir „für immer" zu zeigen.
Du bist mein Vermächtnis
Du kannst mich mit einem einzigen Wort aufbauen oder
zerstören
Es wird nie wieder eine andere geben
Du bist mein Herz, du bist meine Seele
Mach mich ganz."

ALS DAS LIED zu Ende war, brach das Publikum in Applaus
aus. Laila strahlte. Griffin bedeutete ihr, aufzustehen und den
Applaus mit einer Verbeugung anzunehmen. Das tat sie und
vollendete ihn noch, indem sie sich nach rechts, links und in
die Mitte verbeugte. Er bedeutete dem Publikum hinter ihr,
den Lärm noch zu steigern. Jubelrufe und Pfiffe ertönten, und
ein wildes Stampfen hallte durch das Theater.

Griffin ging zu ihr und umarmte sie. „Schön, Laila. Gut
gemacht."

„Vielen Dank." Sie nahm das Mikrofon vom Ständer, sah
hinter die Bühne, nickte und blieb dann vor Christina stehen
und sagte ins Mikrofon: „Das war mein Lied für dich und
Griffin."

„Danke", sagte Christina. „Das war schön."

Laila drehte sich zu Griffin um. „Hast du den Ring?"

Griffins Brauen schossen in die Höhe. „Was?"

„Das ist das perfekte Timing, das du gebraucht hast", sagte Laila, „für deinen Antrag."

Die Menge schnappte nach Luft. Christina trat einen Schritt zurück, ihre leuchtend blauen Augen geweitet.

„Chris, warte!" Er packte ihre Hand, und sie riss sie aus seinem Griff.

„Wage es ja nicht!", schrie Christina.

„Heirate ihn, Christina!", rief Laila. „Er liebt dich! Du liebst ihn. Es ist perfekt!"

Blitzlichter zuckten, als die Presse sich näherte, um das Bild zu bekommen, das innerhalb von Minuten überall im Internet zu sehen sein würde. Ein weiterer missglückter Antrag. Ellie rannte mit einer kleinen Videokamera auf die Bühne, um das grässliche Ereignis festzuhalten.

„Genieß deine Schlagzeilen!", spuckte Christina ihm entgegen, dann machte sie auf dem Absatz kehrt und rannte von der Bühne.

Er sah seine Schwester überrascht an. Der Blick, den sie erwiderte, war genauso überrascht. Laila hatte offensichtlich gemeint, dass das funktionieren würde. Da kannte sie Christina nicht.

CHRISTINA VERLIEß das Theater und fuhr geradewegs zu ihrem gemieteten Haus, wo sie sich in ihrem Schlafzimmer einschloss. Griff konnte mit Laila mitfahren. Sie konnte es nicht fassen, dass die beiden sich hinter ihrem Rücken gegen sie verschworen hatten. Schlimmer noch, Griff hatte aus ihrer Beziehung ein Publicity-Event gemacht. Schon wieder. Würde sie jemals den wahren Griff bekommen?

Christina hörte Griff zurückkommen, als die Haustür mit einem Knall zuschlug. „Chris! Wo bist du?" Es waren mehrere Stimmen zu hören. Es mussten wohl einige zu Ehren seines Geburtstags mit ihm zur After-Party gekommen sein.

Sie öffnete die Tür. „Ich bin hier oben, aber nicht mehr lang. Ich fahre nach Hause."

Griff rannte die Treppe hinauf. Laila und diese verdammte Reporterin Ellie waren ihm dicht auf den Fersen. „Warte", sagte Griff. „Ich muss –"

„Du erwartest ernsthaft, dass ich mit dir vor *ihr* rede?" Sie sah vielsagend auf Ellie, die nur starrte.

„Sag es ihr", sagte Griff.

Ellie sagte nichts.

Laila füllte die Stille. „Diese Art Antrag auf der Bühne war nicht Griffs Idee. Tatsächlich hatte er absolut keine Ahnung. Ellie hat mich davon überzeugt, dass es eine gute Idee wäre, und ich dachte das auch. Griff hatte gesagt, dass der erste Antrag einfach nur falsches Timing war."

Christina lächelte Ellie süßlich an, die vollkommen hilflos gegen ihre bedrohliche Stimme war. „Du wirst nie wieder an Griffin herankommen. Keine Bilder, keine Interviews, kein Kommentar, nie wieder. Wenn du das veröffentlichst –"

„Es ist bereits online", sagte Ellie selbstzufrieden.

Christina drehte sich auf der Stelle um und wandte sich an Griff. „Du solltest sie besser *schnell* hier rauskriegen."

Griff trat zwischen sie. „Werde ich. Doch zuerst sage ich ihr fürs Protokoll, dass Christina und ich für immer zusammen sind, ob es nun ein Stück Papier gibt, auf dem das steht, oder nicht, und …" Seine Stimme erstickte. Er nahm Christinas Hände in seine und sah ihr mit diesem seelenvollen Blick, von dem sie wusste, dass er von Herzen kam, in die Augen. „Und ich verdiene sie nicht, doch ich werde den Rest meines Lebens damit verbringen, der Mann zu sein, den sie verdient. Sie ist mein Herz, meine Seele, mein alles."

„Whoa", flüsterte Laila, „wie in meinem Song." Dann drehte sie sich zu Ellie um. „Du solltest jetzt gehen."

„Erzähl ihm von dem Geld, Laila", sagte Ellie, „von deinem Daddy, der dich mehr geliebt hat."

Laila schnappte nach Luft.

Griff drehte sich zu Laila um. „Dad hatte Geld?"

„Oh nein", sagte Christina. „Familienangelegenheit. Verschwinde hier, Ellie, und zwar jetzt. Und ich werde dafür sorgen, dass dein Boss genau erfährt, warum du dich für immer von Griff fernhalten musst."

„Schlampe", spuckte Ellie aus.

Christina stürzte sich auf sie, doch Griff fing sie auf, bevor sie sie erreichen konnte. „Ellie", sagte Griff ruhig, „ich schlage vor, du gehst jetzt, wenn du jemals wieder in deiner Branche tätig sein möchtest."

Laila holte ihr Handy heraus. „Ich rufe jetzt die Polizei. Sie befindet sich widerrechtlich in diesem Haus."

„Was auch immer!", sang Ellie, dann stapfte sie davon.

Alle drei standen im Flur und sahen ihr hinterher, bis sie die Tür hinter sich zuknallte.

Griff drehte sich zu Laila um. „Was war das mit Dad?"

Lailas Unterlippe zitterte. „Es tut mir leid", flüsterte sie.

„Hey, nicht weinen", sagte Griff. „An diesem Abend wollen wir doch feiern. Ich bin mir sicher, dass es nicht so schlimm ist."

Laila sah Christina an und dann Griff. „Dad hat mir das Geld aus seiner Lebensversicherung hinterlassen. Sogar sehr viel. Nur mir. Ich war mir nicht sicher, ob ich es dir sagen soll, weil er dich ausgeschlossen hat, aber du kannst deinen Anteil haben –"

„Nein", sagte Griff. „Ich brauche es nicht. Alles gut."

Laila biss sich auf die Lippe. „Es tut mir so leid. Er war ein Idiot. Ich weiß nicht, warum er das getan hat. Mom sagte, dass er die Police vor zehn Jahren abgeschlossen hat … und … Ich weiß nicht, was ich sagen soll. Ich war egoistisch."

„Vor zehn Jahren?", fragte Griffin. „Das war das letzte Mal, dass ich ihn gesehen habe, als ich mein erstes Album rausgebracht habe."

„Vielleicht wusste er, dass du groß rauskommen

würdest", sagte Christina. „Vielleicht war das so eine Art Kompliment."

Laila starrte auf den Boden. „Und er wusste, dass ich nur Kellnerin bin."

„Aber *wir* wissen, dass du Songwriterin bist", sagte Griff. „Schnee von gestern, Laila. Für mich ist das in Ordnung. Und jetzt geh feiern. Das ist dein Abend."

„Wirklich?", fragte Laila, und ihre Stimme war voller Hoffnung.

„Wirklich", sagte Griff.

Laila umarmte ihn ganz fest und rannte hinunter.

Er hatte nicht einmal gefragt, wie viel Geld es war. Sein Herz war *immer* am rechten Fleck. Christina packte ihren Mann und zog ihn ins Schlafzimmer, schloss die Tür und stürzte sich auf ihn.

Er fing sie auf und küsste sie leidenschaftlich. Endlich hob Griff seinen Kopf lang genug, um zu sagen: „Heißt das, du hast mir verziehen?"

„Ja! Ich hätte nicht wegrennen sollen. Es tut mir so leid."

Er drehte sich um und drückte sie gegen die Tür, küsste sie erneut. „Nein, es tut mir leid. Du hättest nicht so im Rampenlicht stehen sollen. Unsere Beziehung ist privat."

„Hast du das wirklich so gemeint, was du gesagt hast, dass wir für immer zusammen sind, selbst ohne ein Stück Papier, auf dem das steht?"

Er betrachtete ihr Gesicht. „Wie kannst du das überhaupt fragen? Weißt du denn nicht, wie sehr ich dich liebe?"

„Doch, natürlich tue ich das."

„Ein Teil von dir tut das nicht." Er küsste sie zärtlich. „Für mich ist das okay. Ich versuche es weiter, den Rest meines Lebens, wenn ich muss, bis du tief in dir glaubst, dass du die eine für mich bist."

Tränen traten ihr in die Augen. „Oh, Griff."

„Ich überschreibe dir all mein Geld."

„Nein! Warum solltest du das tun?"

„Weil ich möchte, dass du alles hast, was ich zu geben habe."

Sie wusste, Geld war bei ihm mit Liebe verknüpft. Er gab Geld von Herzen. Er sorgte für den Bruder seiner Ex, ohne, dass er dazu verpflichtet war, spendete eine beachtliche Summe für das Schulmusikprogramm ihres Bruders als Friedensangebot und hatte seinen ersten großen Gehaltsscheck nicht für sich selbst ausgegeben, sondern für seine Mutter, hatte ihr ein Haus gekauft. Sie musste ihrer Bereitschaft, ihm zu glauben, einen Schubs geben und ihm von ganzem Herzen vertrauen.

Sie streichelte seinen rauen Kiefer. „Ich brauche das nicht. Ich brauche nur dich."

Seine seelenvollen haselnussbraunen Augen begannen zu glänzen, und sie musste weinen. Sie warf ihre Arme um seinen Hals und umarmte ihn fest. So blieben sie eine lange Weile.

GRIFFIN STIEß einen erleichterten Seufzer aus. Endlich war er zu Christina durchgedrungen. Die Frau weinte fast nie, und er wusste, der Grund war, dass sie tief in sich die Stärke seiner Liebe fühlte.

Jemand klopfte an die Schlafzimmertür. „Schafft deinen Hintern nach unten, Geburtstagskind! Ich bin extra aus L.A. hergeflogen!" Das war Jake, sein ehemaliger Bandkollege und Keyboardspieler.

„Geh, und häng mit meiner Schwester rum, Laila!", rief Griffin durch die Tür zurück, Christina noch auf seinen Armen. „Wir sind gleich unten."

„Du hast eine Schwester?", fragte Jake.

„Ja. Sag ihr, ich hab dich geschickt."

„Ist sie heiß?"

Griffin stellte Christina ab und riss die Tür auf. „Sie ist

meine Schwester. Himmel, Jake."

Jake grinste, seine blauen Augen tanzten verschlagen. „Hey, alter Mann." Er umarmte Griffin und klopfte ihm auf den Rücken. Sie waren gleich alt, deswegen nahm Griffin ihm das nicht übel.

Christina lächelte. „Sieh dich mal an! Gestutzter Bart, Schnurrbart, Brille. Du siehst fast respektabel aus."

Jake küsste sie auf die Wange. „Ich bin jetzt Musiklehrer an der Highschool. Da darf ich nicht ganz so wie ein Bad Ass aussehen."

„Bereit für die Party?", fragte Griffin Christina.

„Lass uns rocken", erwiderte sie.

Er gab ihr einen schmatzenden Kuss auf die Lippen und ging hinunter, wo die Party bereits in vollem Gange war. Seine Schwester hatte eine nette Auswahl an Essen zusammengestellt und war damit beschäftigt, jeden Neuankömmling zu begrüßen. Sidney und ihre Freunde tauchten auf und, verdammt, Laila strahlte vielleicht, als Sidney ihren Auftritt lobte. Die meisten Gäste waren Musiker, Freunde, die er im Laufe der Jahre gefunden hatte, doch er war besonders glücklich, Jake wiederzusehen. Sein anderer Teamkollege, Henry, hatte ihm nicht verziehen, dass er die Band auseinandergebrochen hatte, doch Jake sagte, er wäre nie glücklicher gewesen als jetzt, da er der nächsten Generation Musik beibrachte.

Griffin feierte seinen Geburtstag mit der großen Zahl zusammen mit Christina an seiner Seite, wie er sie bei jedem Geburtstag dabeihaben wollte. Laila und Jake schienen Gefallen aneinander gefunden zu haben und plauderten eine ganze Weile in der Ecke. Die Party ging bis weit in die Nacht und war besonders süß für ihn, denn, gerade als er einschlummern wollte, kam ihm ein fast ausgeformter Song über Seelenverwandte. Er packte seine Gitarre, um ihn festzuhalten. Es war das beste Geburtstagsgeschenk, das er von seiner Muse und Seelenverwandten Christina hatte bekommen können.

CHRISTINA STRECKTE sich am nächsten Morgen faul nach langem Sex mit Griff. Er war langsam und zärtlich gewesen, auf die Art, die ihren Körper und ihre Seele erschütterte. Morgen würden sie aufbrechen. Irgendwie würde sie dieses Haus vermissen. Sie hatten miteinander einen wertvollen kleinen Urlaub verbracht, nur sie zwei, und es war besonders rührend, Griff mit seiner Schwester zu sehen.

Griff setzte sich auf, nackt, und nahm sich seine Gitarre. „Ich habe etwas Neues für dich geschrieben."

„Das hast du? Wann?"

„Letzte Nacht. Du hast es komplett verschlafen."

„Lass es mich hören", sagte sie, schob ein Kissen gegen das Kopfteil und schloss die Augen.

Und dann haute Griff sie um mit einem unglaublich emotionalen Song über Seelenverwandte. Sie hatten beide Tränen in den Augen, als er fertig war.

Ihre Kehle hatte sich so sehr verengt, dass sie kein Wort herausbekam.

„Was denkst du?", fragte er leise und stellte seine Gitarre ab.

Sein Tonfall hätte sie beinahe umgebracht. Sein Herz lag bei diesem unglaublichen Song in ihren Händen, und das nahm sie nicht auf die leichte Schulter. Sie schloss den Raum zwischen ihnen, dann kletterte sie auf seinen Schoß und legte ihre Arme und Beine um ihn. Sie hielt seine stoppeligen Wangen in beiden Händen und sah in die haselnussbraunen Augen des Mannes, den sie mit Herz und Seele liebte. „Ich denke, dass ich dich heiraten möchte."

Er blinzelte. „D-das willst du?"

„Das will ich!", weinte sie.

Und dann küssten sie einander und überschütteten den anderen mit Ich liebe dich. Das Licht der Hoffnung verdrängte alle verbleibenden Zweifel. Sie waren Seelen-verwandte.

Sie war die seine.

Er war der ihre.

Nichts sonst spielte eine Rolle.

EPILOG

Fünf Jahre später...

„Okay, noch ein Lied, dann ist es aber Zeit für die Heia", sagte Griff wenig überzeugend zu ihren vierjährigen Zwillingsmädchen.

Christina konnte es sich gerade noch verkneifen, die Augen zu verdrehen, als Griff das Lieblingslied der Mädchen anstimmte, das aus einem grellen Zeichentrickfilm über Feen stammte. Er hatte aus der Schlafengehzeit ein nicht enden wollendes Ritual mit einem Repertoire aus jeweils mindestens drei Liedern gemacht, und sie liebte jede Minute davon. Das einzig Dumme war nur, wenn er über die Bettzeit der Mädchen hinaus einen Auftritt hatte, denn Moms Stimme war einfach nicht gut genug.

Die Kleinen, Willow und Sage, waren begeistert, setzten sich in ihrem gemeinsamen französischen Bett auf und sahen hellwach aus, als sie sich ihrem Dad im Refrain anschlossen, in dem es darum ging, Blütenblätter zu zupfen und sie in der Hoffnung auf Liebe zu zählen. Sie hatten die zarte, seelenvolle Seite ihres Dads. Die Mädchen waren nicht eineiig, doch sie hatten beide das dunkle Haar ihres Dads und ihre blauen

Augen. Wenn man sie fragte, waren sie die schönsten Kinder
der Welt.

Sie und Griff hatten still und heimlich in New York heira-
tet, kurz nach ihrem Ausflug nach Fieldridge. Griff hatte sie
mit seinem eigenen Gelöbnis zu Tode erschreckt, in dem er
seine Hingabe an sie und alle Kinder, die sie jemals haben
würden, geäußert hatte. Er hatte bei weitem mehr Gedanken
darein gesteckt als sie, und er hatte jedes Versprechen gehalten. Griff reduzierte die Konzerttermine und trat während des
Schuljahrs nur in der Nordostregion auf. Obwohl die
Mädchen nur in der Vorschule waren, wollte er nach der
Schule für sie da sein. Er wollte *beteiligt* sein. Den Sommer
hatte er für Tourneen, und die Mädchen begleiteten sie
überall hin. Griff startete dieses Jahr mit Klavierunterricht für
sie, und nächstes Jahr würden sie beide zu ihrem fünften
Geburtstag eine Gitarre bekommen.

Der grässlich süße Song war endlich zu Ende.

„Mehr, mehr", sangen die Mädchen gemeinsam.

Griff drehte sich zu ihr um. „Möchtest du das Lied über
die Drachen singen?"

„Bei Mommys Liedern tun mir die Ohren weh!", weinte
Willow.

Sage schlug sich ebenfalls die Hände auf die Ohren. „Ja."

„Ich werde ihnen eine Geschichte erzählen", sagte Christina. „Aber ihr müsst euch hinlegen und die Augen schließen.
Es ist schon spät."

„Aber Daddy sagt, wir wohnen in der Stadt, die niemals
schläft", sagte Sage. Sie hatten ein zweistöckiges Apartment
in Manhattan mit zwei Bodyguards, einen für jedes Kind
(weil Griff darauf bestanden hatte). Sie hatten außerdem noch
ein Haus in Fieldridge, in dem Laila wohnte und auf das sie
aufpasste, wenn sie nicht da waren. Griff hatte oben ein
Aufnahmestudio einbauen lassen, in dem Laila oft arbeitete
und ihre eigenen Lieder schrieb. Sie zeichnete als Songwriterin für Griffs letzte beiden Alben verantwortlich.

Sie warf Griff einen Blick zu, der nur leicht lächelte und Sage die Haare zerzauste. „Das ist die Stadt nur für Große", sagte sie bestimmt, „aber wenn Kinder niemals schlafen würden, würden sie nicht groß werden. Man wächst nur im Schlaf."

Augenblicklich schloss Sage die Augen. Willow nicht. „Ich will nicht groß werden", verkündete sie.

„Ich will auch nicht groß werden", sagte Griff. „Aber du brauchst deinen Schlaf. Letzte Geschichte."

Sie erzählte ihnen ihre Lieblingsgeschichte darüber, wie sie und ihr Daddy sich kennengelernt hatten, wie sie sich ineinander verliebt hatten und durch die Musik und die Macht der Liebe ihr ultimatives Geschenk von allen bekommen hatten – die beiden besten Kinder der Welt. Natürlich führte das immer zu einem Chor von:

„Du bist die beste Mommy der Welt."

„Du bist der beste Daddy der Welt."

Worauf sie „Danke" antworteten, dann zogen sie sich langsam aus dem Zimmer zurück, während die Mädchen ihre übliche Diskussion begannen:

„Ich bin das beste Mädchen."

„Nein, ich bin das beste Mädchen."

Was schließlich damit endete, dass Christina das Licht ausschaltete und mit sachlichem Tonfall verkündete: „Jede ist die beste. Und jetzt schlaft."

Die Mädchen schwiegen. Griff nahm ihre Hand und führte sie hinunter. Sie setzte sich neben ihn aufs Sofa und kuschelte sich an seine Seite, während er einen Arm um ihre Schultern legte. „Ich bin erschöpft."

Griff küsste sie auf die Schläfe. „Lass uns noch eins haben."

Sie brach auf seinem Schoß zusammen, tat so, als wäre sie tot.

„Nein?", fragte er und fuhr mit seiner warmen Hand durch ihr Haar.

„Ich bin zu alt", sagte sie.

„Dann adoptieren wir."

Sie riss die Augen auf. „Wirklich?" Es gab so viele Kinder auf der Welt, die ein gutes Zuhause brauchten. Sie hatten die Mittel und die Liebe, ihnen das zu geben.

Er grinste. „Wirklich."

Sie setzte sich auf, war plötzlich voller Energie. „Wir werden jemanden einstellen müssen, der uns hilft."

„Dann werden wir das tun."

Sie warf ihre Arme um ihn und küsste ihn. Die Dinge erhitzten sich gleich da auf dem Sofa, und neun Monate später bekamen sie ihren ersten Sohn. Zwei weitere Kinder folgten bald danach, ein Junge und ein Mädchen, beide adoptiert. Sie alle wurden mit Musik aufgezogen und davon überzeugt, dass sie die besten Kinder der Welt waren.

IN JENEM SOMMER ging Laila zu ihrer üblichen Schicht ins Ernie's Diner und freute sich darauf, dass bald ihr Bruder und seine Familie in die Stadt kämen. Sie brauchte das Geld vom Kellnern eigentlich nicht mehr, arbeitete aber immer noch Teilzeit dort, um Inspiration zu bekommen. Es erdete sie, erinnerte sie an ihre Geschichte, und wenn sie Unterhaltungen mithörte und den Gesichtsausdruck der Kunden beobachtete, gab das ihrer Künstlerseele Futter.

Sie hatte mehrere Aufträge als Songwriterin bekommen, als sich herumsprach, welche Rolle sie bei Griffins Alben spielte. Auch mit Jake von Griffins alter Band hielt sie Kontakt, plauderte über Musik und spielte ihm neue Stücke über Skype vor. Sie wohnten weit voneinander entfernt, doch er hatte vor, sie nächsten Monat zu besuchen. Er hatte gerade eine lange Beziehung hinter sich. Sie wusste nicht, was das für sie bedeutete, doch sie klammerte sich an ein wenig Hoffnung.

Und dann kam ein Lied im Radio, dass sie innehalten ließ. Es war das neuste, das sie für Griffin geschrieben hatte. Es handelte von Familie, war inspiriert von seiner größer werdenden Familie, und endlich wurde es gespielt.

„Hier kommt ein neues von Griffin Huntley", verkündete der Moderator. „Und dann sagen Sie mir, ob es nicht in Ihnen *allen* Gefühle hervorruft."

Sie schlug sich eine Hand vor den Mund und stand wie erstarrt da. Es wurde nie langweilig zu hören, wie ihr Bruder ihre Musik spielte. Im Diner wurde es still, und Carol kam aus der Küche, um es sich anzuhören. Ihre Vorgesetzte und Freundin lächelte und zeigte auf sie, denn sie wusste, welche Rolle sie beim Schreiben des Stücks gespielt hatte. Laila nickte.

Und als das Lied endete, verkündete Carol: „Unsere sehr talentierte Laila Colton wird diesen Song am Samstag um Punkt sieben für uns spielen." Das war nicht überraschend. Jedes Mal, wenn eins ihrer Lieder neu ins Radio kam, wollte Carol das mit einem besonderen Auftritt feiern, auf den dann selbstgemachter Schokoladenkuchen mit einer Glasur aus tanzenden Zuckernoten obendrauf folgte. Carol drehte sich zu ihr um. „Mach dir keine Sorgen, Liebes. Ich werde mich um alles kümmern."

Laila musste unwillkürlich lächeln. „Ich werde da sein."

Und dann machte sie sich wieder an die Arbeit und saugte verstohlen die Gemeinschaft auf, die das schlagende Herz ihrer Musik war.

Verpassen Sie nicht das nächste Buch dieser Serie, *Beinahe verliebt*, mit Barry und Amber, eine romantische Geschichte darüber, wie aus Freunden Liebende werden! Diese Geschichte spielt im Sommer, bevor Will und Jasmine in *Beinahe drüber weg* zusammenkommen. Lesen Sie hier einen Ausschnitt.

Der erfolgreiche Unternehmer Barry Furnukle ist bereit, mit der pinkhaarigen Nachbarin, die er anbetet, einen Schritt weiterzugehen. Auf den Rat seines Aufreißer-Bruders kehrt Barry zu seinen Schauspielwurzeln zurück, um sein Selbstvertrauen etwas zu pushen. Plötzlich hat er mehr weibliche Aufmerksamkeit als dass er wüsste, was er damit anfangen soll. Doch wird seine neugefundene Popularität ihn glücklich machen? Oder wird er seinem inneren Hengst endlich freie Bahn lassen, um die Frau zu gewinnen, die er nicht vergessen kann?

Erhalten Sie die neuesten Nachrichten zuerst in Kylies Newsletter! kyliegilmore.com/DEnewsletter

WEITERE BÜCHER VON KYLIE GILMORE

Die Clover Park Serie << Brüder, für die die Familie an erster Stelle steht!

Das Gegenteil von wild (Buch 1)

Daisy schafft alles (Buch 2)

In den Falschen verguckt (Buch 3)

Ein Weihnachtsmann zum Küssen (Buch 4)

Vermieter küsst man nicht (Buch 5)

Nicht mein Romeo (Buch 6)

Bring mich auf Touren (Buch 7)

Clover Park Braut (Buch 7.5)

Gewagte Verlobung (Buch 8)

Retter in der Not (Buch 9)

Eine verführerische Freundschaft (Buch 10)

Ein Geschenk zum Valentinstag (Buch 11)

Raus aus der Tretmühle (Buch 12)

Die Happy End Buchclub Serie << Die Campbell Familie und ein Liebesromanbuchclub prallen aufeinander!

Hollywood Inkognito (Buch 1)

Ärger im Anzug (Buch 2)

Gewagtes Spiel (Buch 3)

Förmliche Vereinbarung (Buch 4)

Wenn der Bad Boy keiner ist (Buch 5)

Ein Störenfried zum Verlieben (Buch 6)

Schicksalsbegegnungen (Buch 7)

Eine Romantische Chance (Buch 8)

Ein sündhafter Flirt (Buch 9)

Ein unbequemer Plan (Buch 10)

Eine Happy End Hochzeit (Buch 11)

Die Rourkes Serie << Prinzen, bei denen man ins Schwärmen gerät, und ebenso fantastische Prinzessinnen

Königlicher Fang (Buch 1)

Königlicher Hottie (Buch 2)

Königlicher Darling (Buch 3)

Königlicher Charmeur (Buch 4)

Königlicher Playboy (Buch 5)

Königlicher Spieler (Buch 6)

Abtrünniger Prinz (Buch 7)

Abtrünniger Gentleman (Buch 8)

Abtrünniges Schlitzohr (Buch 9)

Abtrünniger Engel (Buch 10)

Abtrünniger Fratz (Buch 11)

Abtrünniger Beschützer (Buch 12)

Die Clover Park Charmeure Serie <<süße und sexy Charmeure!

Beinahe drüber weg (Buch 1)

Beinahe zusammen (Buch 2)

Beinahe Schicksal (Buch 3)

Beinahe verliebt (Buch 4)

Beinahe romantisch (Buch 5)

Beinahe frisch verheiratet (Buch 6)

Sehen Sie sich auf meiner Website die aktuelle Liste meiner Bücher an: https://www.kyliegilmore.com/deutsch/

ÜBER DIE AUTORIN

Kylie Gilmore ist die USA Today Bestsellerautorin der Happy End Buchclub Serie, der Clover Park Serie, der Clover Park Charmeure Serie, der Rourke Serie und Liebe von der Leine gelassen Serie. Sie schreibt unterhaltsame Romanzen, die die LeserInnen zum Lachen und zum Weinen bringen und zu einem Glas Eiswasser greifen lassen.

Kylie lebt mit ihrer Familie, zwei Katzen und einem verrückten Hund in New York. Wenn sie nicht gerade schreibt, Kinder bändigt oder bei Autorenkonferenzen pflichtbewusst Notizen macht, findet man sie beim Stretching – bis ganz nach oben ins oberste Regal, um dort ihren geheimen Schokoladenvorrat zu erreichen.

Melden Sie sich für Kylies Newsletter an, damit Sie keine ihrer Neuerscheinungen verpassen. https://www.kyliegilmore.com/DEnewsletter

Mehr finden Sie auf Kylies Website https://www.kyliegilmore.com/deutsch/